AMOR NA Distopia do CONGO

Masimo Della Justina

AMOR NA Distopia do CONGO

EDICON

CIP-BRASIL. CATALOGAÇÃO NA PUBLICAÇÃO
SINDICATO NACIONAL DOS EDITORES DE LIVROS, RJ

J97a

Justina, Masimo Della

Amor na distopia do Congo / Masimo Della Justina. - 1. ed. - São Paulo : Edicon, 2023.

; 23 cm.

ISBN 978-65-5934-075-0

1. Ficção brasileira. I. Título.

23-84638 CDD: 869.3
CDU: 82-3(81)

Gabriela Faray Ferreira Lopes - Bibliotecária - CRB-7/6643
21/06/2023 28/06/2023

Revisão: *Micheli Cristiana Ribas Camargo*

Capa: *Alex Ramos*

Contato com o autor: masimo.dj@gmail.com

EDICON
Editora e Consultoria Ltda
(11) 3255 1002 • 3255 9822
Rua Gama Cerqueira, 87 Cambuci
CEP 01539-010 São Paulo/SP
www.edicon.com.br
contato@edicon.com.br

Sumário

Parte III
O BRILHO DE ISHTAR SOBRE SUAS VIDAS

Do Congo e do Mundo

um romance historiográfico de
Masimo Della Justina

A importância dos estudos e análises lítero-históricas e geopolíticas do Professor Masimo Della Justina vêm sendo lidas por vários grupos ´noéticos´ e alternativos à cultura corporativa. Hoje recebi, da editora Valentina Ljubtschenko, para leitura, a obra Amor Na Distopia Do Congo, na qual esse autor nos lembra parte da sua odisseia africana para interpretar o mundo: o dele, o nosso e o da terráquea globalidade que precisa ir às origens, com urgência...

Quando passei por Quinxassa para saber mais do "além África lusa", como se fosse possível dizer que a África não é africana, mas de alguns povos invasores (portugueses, holandeses, franceses...), conheci a grandeza da ngala, a língua bantu mais falada na região e que as invasões coloniais de europeus não conseguiram destruir. A verdade é que as invasões dos Sécs. 15, 16 e 17 só conseguiram dominar culturalmente na Ilha do Brasil, porque aí encontraram povos nativos inteiramente isolados até da civilização andina. A montante do La Plata, anote-se, nem os castelhanos e nem a cristandade colonial conseguiram dominar e enterrar o guarani, o quéchua e outras línguas. A estrutura tribal africana, apesar dos golpes internos e externos da escravagismo, conseguiu dar resposta às invasões. E esta é a digressão quase esotérica que Masimo Della Justina nos lega em Amor Na Distopia Do Congo para leituras que nos levam à profundeza da alma africana.

Assim como já fizera no livro Nas Entranhas Da África, o autor traça uma crônica, mas nesta nova obra o traço é um romance com pesquisas de campo e conversas pé-no-chão com gente nativa onde ele vai fundo na leitura acerca do Congo, ali, onde Portugal manteve um Protetorado como posto de intermediação escravagista e comércio, entidade na qual a diplomacia era palavra vã. E a falta de atos diplomáticos foi o que Della Justina mais viu e sentiu nas suas andanças. E pior: o povo continua a cantar para espantar o sofrimento diante do neocolonialismo que arrasa tudo em nome da pilhagem de pedras preciosas e petróleo, as riquezas locais. Isto é a vera distopia, porque o pós colonialismo é alimentado por um neocolonialismo que escraviza as pessoas naturais e nem as deixa viver a própria terra.

Neste Amor Na Distopia Do Congo o autor situa a paixão na sua composição amorosa e através dela temos um imaginário às vezes surrealista de tão intenso que é o sofrimento na sobrevivência, circunstância que, às vezes, leva ao suicídio voluntário. Fica-nos a memória da vida vivida. E o amor é isso: sobrevivência.

João Barcellos
Rio Acutia Arriba, 2023.

Sem dignidade não há liberdade,
sem justiça não há dignidade
e sem independência não há homens livres.

Patrice Lumumba

Parte I

UM AMOR NÃO PLANEJADO

Uma madrugada em Tel Aviv

Numa noite profunda e quieta, Ishtar brilha nos céus como sempre faz desde antes e depois que os acádios a denominam a deusa da guerra. Talvez sendo filha do sol e da lua, ela é também colecionadora de amantes, representando a feminilidade e o amor. De Ishtar surgem a palavras *stern* no alemão, *star* no inglês e *estrela* no português. Em todos os metros quadrados da Terra, também a chamam de *estrela da manhã* e de *estrela d'alva*. Os gregos a chamam de Afrodite, os Romanos a chamam de Vênus e muito depois cientistas descobrem que, na verdade, é um planeta ao qual denominam Vênus. E desde o início da vida humana na Terra, Ishtar tem sido testemunha da felicidade e do sofrimento de cada humano em cada *agora*.

Nessa mesma noite, a lua está bem visível nos céus, pois havia estado cheia a duas noites antes. Parece que o brilho de Ishtar e da lua vão penetrar, desavisadamente dois corações um tanto solitários, mas por enquanto bem dedicados aos seus estudos e que não sabem da existência um do outro.

São 3h30 da manhã, no Dormitório Estudantil Broshim da Universidade de Tel Aviv, na aurora do dia em que ele regressa para o Brasil após terminar as disciplinas de um curso executivo na Universidade de Tel Aviv. Tendo deitado por volta das 22h, a sua mente não se desliga dos artigos pendentes, então veste-se e desce para a sala de computadores no andar térreo. Apesar de ter ainda um mês pela frente para submetê-los ao coordenador do curso, quer terminar e entregar o quanto antes.

Com tanto empenho, enquanto os grilos cantam lá fora, ele nem lembra que naquela segunda-feira é feriado em Israel; então poderia muito bem ter sentado num dos bancos do pátio da residência estudantil e ter ficado olhando para a lua, e quem sabe, procurado Ishtar nos céus. Também faria pouca diferença se fosse cochilar deitado no gramado, pois no período inteiro do curso não havia utilizado sequer lençol para se cobrir, devido ao calor seco no período de verão em Israel.

Lá está ele na sala de computadores bem compenetrado e de repente, como em um sonho jamais imaginado, entra aquela jovem, estudante de Medicina, palestina, bem ocidentalizada, vestindo calças, blusa e véu na cabeça. Depois da Aisha, que havia encontrado num albergue, em Dar es Salaam, em outros dias que distantes têm ficado, essa com certeza parece ser a segunda mulher mais linda a ter visto em qualquer tempo ou lugar. E, como num presente da natureza, logo vem um sentimento de um coração leve: "é ela, uma escolhida". Mas ele não quer pensar nisso.

Ele está de havaianas aos pés e vestido todo de branco, com uma bermuda a qual já havia usado na metade das viagens pelo planeta afora, e com uma camisa tipicamente cubana de linho, que havia adquirido em Havana, com nada menos do que vinte e quatro botões. Ela, com os seus olhos jovens e curiosos de estudante, o escaneia de cima abaixo, enquanto se ajusta na cadeira e inicia o arquivo no computador. E ele também a espia com o canto do olho.

Ela lhe dá um gostoso e inocente sorriso e ele responde num esforço para pensar que é só de simpatia e pureza de coração. Nem passar pela cabeça que ela poderia ter qualquer interesse nele, já grisalho. A jovem, porém, demonstra querer puxar conversa, enquanto ele pensa que é o jeito dos árabes, simpáticos e amigáveis. Durante o curso de graduação em Ciências Econômicas, na Escola de Economia de Londres, duas décadas antes, ele tinha tido colegas de 132 países, e essa "menina" mais lhe lembra aquelas estudantes da Malásia e da Indonésia, no jeito de ser e de se vestir. Ela não tem a mínima ideia dele a não ser a aparência de ter mais idade do que ela, mas com o jeito aparente de ingênuo e sem maldade, como outro estudante de qualquer idade. Para ela isso é um comportamento universal de gente acadêmica. Nada demais, nada de menos.

Tudo fica assim nesse suspense, até o momento em que o teclado dele volta para o hebraico e ele não sabe como fazer voltar para o inglês. Ela vê a oportunidade de colocar suas lindas mãos com dedos compridos e delicados sobre o teclado para lhe ajudar; vestindo uma blusa branca com calças azuis claras, ela pende levemente o corpo, em direção a ele de maneira que o véu cor de rosa que cobre parcialmente a sua blusa se vê levemente caído sobre o braço direito dele. Aquilo lhe parece mais uma atitude afetuosa do que um socorro a alguém semianalfabeto em computação. Uma vez resolvido o desafio, cada qual volta-se para o seu teclado e os dois ficam em silêncio, como se estivessem envoltos em fragrância de pétalas de rosas.

Essa não é uma madrugada comum. Tampouco parece ser real...

Agora com o arquivo já aberto, com conteúdo de bioquímica, ela ajeita a cadeira, e olhando para ele, pergunta de onde é.

"Nossa, por Alá, nunca esperava encontrar alguém do Brasil aqui. Eu e meu irmão sempre falamos do Brasil e desde criança nutrimos o sonho de ir morar lá."

Trocam informações sobre o que cada um está estudando por lá.

"Quanto filhos você tem?" Ela pergunta.

"Nenhum", diz ele.

"Como assim? E como é sua esposa?"

"Não a tenho."

"Você não tem família?" E vira o corpo na cadeira, no maior espanto.

"Não", é só o que ele sabe responder.

"Como assim? É desejo de Alá que as pessoas tenham uma família e que sejam felizes."

Ele sorri e diz ser uma pessoa egoísta que só pensa em si e por isso tem negligenciado a construção de uma família.

Ela quase fica escandalizada mas redobra a investida: "às vezes tudo depende de uma oportunidade." Ele tem mais uma sensação de que aquele momento não pode ser real.

Ela insiste em conversar e ele, na verdade, só quer terminar os trabalhos acadêmicos, afinal tem três artigos para finalizar. Ela diz que está de favor no quarto de uma conhecida e ela mesma não mora na residência estudantil Broshim, e não hesita em perguntar qual é o número do quarto dele. Foi aí que o ouriço arrepiou os espinhos e a cascavel chacoalhou os guizos.

Ele pensa no seu silêncio que pode até ser uma fisga, uma fêmea linda e esperta para lhe seduzir e acabar depenando os seus dólares em compadrio com alguns espertinhos, lhe roubando na madrugada no pátio de lâmpadas esparsas e fracas ou em algum quarto do Dormitório Estudantil. Por outro lado, numa intepretação otimista, como ele havia tido uma ótima experiência na universidade e em Israel, essa não é hora de derramar pó de café no whisky e arranhar a sua própria reputação, mesmo que possa ser uma oportunidade genuína, daquelas únicas da vida; ou talvez quisesse mesmo sua frieza mesclada com insegurança ser uma mera defesa inconsciente dele contra as investidas do amor, que sempre é gratuito e sem maldades.

Então ele se fecha um pouco em si como um caracol que se recolhe na concha, e o que se ouve são as ventoinhas dos computadores e os grilos lá fora. Ela imprime umas 30 páginas de material acadêmico e então fica de pé, fixa-o nos olhos e fala algo em árabe. Parece querer dizer: "Uia, que homem lindo. É ele, o escolhido. Será que posso me tornar a sua esposa?"

Ele fica olhando para ela, curioso para saber o que ela diz, mas não pergunta. Relutante ela dá boa noite e sai da sala vagarosamente como se não quisesse ir. Há sequer troca do número de WhatsApp ou e-mail. Sequer se perguntam os nomes, e parece mesmo que nem é preciso, tamanho foi o encanto mais dela do que dele. E não se veem mais.

Ele continua nas suas redações até o raiar do dia. Na sua mente, dá a ela o nome de Aisha. Mais uma Aisha, depois daquela em Dar es Salaam, vista há muitos anos atrás.

Essa noite em Tel Aviv é do ano 4.545 bilhões da Terra; 5585 para o calendário judaico; 2567 para o calendário budista; 2614 para o calendário hindu; 2024 para o calendário cristão; 1446 para o calendário islâmico.

Mestrado em Medicina em Londres e namoro

Os dias passam e já se vai um ano e a essa altura ela já está prestes a se formar em Medicina. "Aisha" não o tira da mente; vira meio mundo e, então, por meio da Universidade de Tel Aviv (TAU), descobre o nome e o paradeiro dele.

Dentro do respeito às lei de proteção dos dados das pessoas, a Universidade de Tel Aviv (TAU) comunica a ele que uma pessoa que o havia encontrado no campus, em julho do ano passado, deseja contatá-lo e, se for de sua permissão, eles podem passar os contatos de um para o outro. Ele concorda e pensa ser um daqueles colegas da Índia, Singapura ou Rússia que havia encontrado nos passeios guiados e muito enriquecedores por Israel que a TAU oferecia às sextas-feiras e aos sábados quando não havia aulas. Haviam visitado as Colinas de Golã, Jaffa, Jerusalém, o Mar Morto, Massada, praticado rafting no rio Jordão, passado um fim de semana de convivência no Kibutz Kinneret, além de bons bares na vibrante de Tel Aviv. Talvez poderia ser também aquela jovem brasileira da comunidade judaica do Recife, que havia seguido uma disciplina em comum naquele verão. Enfim, sem ideia mesmo que poderia ser "Aisha".

Então ela o contata e se apresenta. E agora ambos lembram daquela madrugada em Tel Aviv e riem. Ela há de maquinar um encontro e qualquer justificativa serve. Seu nome na verdade é Zaina, que significa *linda* em árabe, dado por sua mãe e que parece ter sido o mais acertado possível. O nome dele é Caíque, que significa *aquele que desliza sobre as águas* em Tupi, dado por seu tio e padrinho, que gosta de surfar nas ondas do Atlântico em Florianópolis.

Ela quer saber se ele pode ajudá-la a encontrar um mestrado numa boa universidade como também conseguir uma bolsa de estudos, e pensa muito em ir para o Brasil. Contudo, dados os desafios de um novo idioma e financeiros, ele sugere que ela busque uma vaga de mestrado em Medicina na Escola de Higiene e Medicina Tropical da Universidade de Londres e tente obter uma bolsa de estudos do Conselho Britânico. Zaina e sua família se interessam e dá tudo certo por aí.

Ela se gradua em Medicina em Tel Aviv em meados de 2025 e em outubro do mesmo ano começa o mestrado em Londres. Como é estrangeira, terá que concluir tudo em um ano.

Uma vez em Londres e compenetrada em seus estudos, ela convida Caíque para ir visitá-la no próximo Natal e Ano Novo. Ele vai e como havia morado lá por seis anos ainda lembra todos os bons lugares para bater pernas na cidade.

Na visita ao Regent's Park, sentados num banco de madeira pergolado com roseiras entrelaçadas entre as enormes cordas de linho, no Jardim de Rosas da Rainha Maria num domingo à tarde com um sol fraquinho de inverno, mas de céu completamente azul, ele não resiste em dizer que este é um dos jardins mais lindos do mundo, assim como os Jardins de Baha'i em Haifa. Como agora eles conhecem ambos, ela concorda e diz que jamais imaginaria que o Regent's Park com tanta beleza e cuidado pudesse existir. Naquele instante, paira um silêncio que parece longo no tempo, mas só o é em profundidade, enquanto os dois olham sobre o jardim com seus olhos aparentemente focados na distância; mas nada poderia estar aproximando-os mais e o aroma das pétalas de rosas, que são abundantes em volta deles, parece ser o mesmo da imaginação deles naquela madrugada há um ano e meio antes, na sala dos computadores nos Dormitórios Estudantis Broshim em Tel Avlv.

Então ela, com suas mãos lindas e dedos longos, toca gentilmente as mãos dele, e expressa a vontade de ir para o Brasil e confessa que quer conhecê-lo mais. Tudo parece voltar àquele momento no teclado na madrugada no Broshim em Tel Aviv, mais ainda quando ela o abraça com afeição à altura do umbigo e o seu véu de muçulmana cai levemente sobre o peito dele. Não está escrito nas estrelas, mas Ishtar sabe; sabe e conspira a favor. As pétalas das rosas do Jardim da Rainha Maria também sabem; sabem e exalam o seu aroma.

Ele suspira encantado, sente os seus pés na mesma leveza daquela pena de um pássaro que por ali está sobre o gramado, enquanto ela o fixa com seus olhos da cor da esmeralda e bem abertos combinados com sua face palestina.

Ele, meio indefeso, buscando uma última argumentação esfarrapada, já pergunta: "E a minha idade?"

Ao que ela responde meigamente: "Não importa. É você, e deve ser a mão de Alá, o generoso".

"Bom, porque não" murmura ele. Também conclui, em silêncio, que há momentos em que o convite à felicidade cerca um ser humano de tal forma que fica difícil escapar como também há momentos em que o sofrimento cerca um ser humano e fica impossível escapar.

Zaina pede para ele adiar o voo de volta a Florianópolis e ficar mais um pouco. Como ele tem permissão de estadia por seis meses para turista, fica fácil mudar a data do retorno. Não há necessidade, mas ele comunica sobre a estendida permanência ao Posto Policial de Holborn à Rua Lamb's Conduit, 10, em Londres o mais próximo da residência estudantil onde Zaina se hospeda. Já para quem tem visto estudantil ou de trabalho no Reino Unido é uma exigência que se registre no posto policial assim como no posto do Serviço Nacional de Saúde mais próximos de sua residência, como é o caso de Zaina.

Ela solicita a transferência para um quarto para dois aos Serviços de Moradia da Universidade de Londres, e ele passa a morar junto com ela. Há troca de carinho e a atração é genuína, mas nenhum avanço por parte dele ou dela; um pacto mútuo onde ele exerce a grandeza em respeitá-la e ela preserva a virgindade para não desonrar os seus pais. Dividem despesas com alimentação e transporte e enquanto ela está em aulas, ele se ocupa com leituras na biblioteca da Escola de Londres para Estudos Orientais e Africanos, da Escola de Economia e Ciência Política, do King's College e do University College London, todos próximos e de curta caminhada na área de Bloomsbury. Faz anotações e mais anotações, coleta muitos subsídios para mais algumas publicações quem sabe agora sobre a Ásia Central, pois sempre gosta de dar um cunho geográfico bem presente em suas análises econômicas.

Nesses meses em Londres, eles visitam juntos a Abadia de Cantuária, Abadia de Westminster, Big Ben, Castelo de Windsor, Catedral de São Paulo, Centro Financeiro, frente do Palácio de Buckingham, Covent Garden, Galerias de Arte (Nacional, Retratos, Tate), Green Park, Hampton Court, Hamstead Heath, Harrods, High Street Kensington, Holland Park, Hyde Park, Imperial War Museum, Kensington Gardens, Kew Gardens, Madame Tussauds, Mercados (Camden, Borough, Portobello, Spitalfields), Meridiano em Greenwich, Museu Britânico, Museu da Ciência, Museu de Ciências Naturais, Museu Vitória e Alberto, Olho de Londres, Oxford Street, Picadilly Circus, Ponte Torre e Torre de Londres, Regent Street, Regent's Park, Royal Albert Hall, Saint James Park, The Strand, Trafalgar Square, Troca da Guarda. Também visitam a Universidade de Oxford e a Universidade de Cambridge em dois fins de semana diferentes, assim como o famoso navio Victoria em Portsmouth, que fora utilizado pelo vice-almirante Nelson em 1805 na Batalha de Trafalgar. Fazem muitas caminhadas pelas ruas e parques de Londres e estão regularmente nos cafés de Covent Garden e nos teatros e eventos culturais. Em especial adoram passear para ver Londres inteira, sentados no primeiro banco do andar de cima dos ônibus coletivos vermelhos.

Ele a ajuda nas tarefas para o mestrado e, no final de maio de 2026 regressa ao Brasil. Quando Zaina conclui o mestrado no final de setembro do mesmo ano eles já estão namorando firmemente e ela convida-o para conhecer a sua família palestina no próximo Natal em Haifa. Os pais, tias e tios dela estão felizes por vê-la formada em Medicina, com mestrado na Inglaterra e agora aventando a possibilidade de fazer um doutorado no Brasil; isso é como inalar a melhor fragrância de jasmim e de rosas.

Zaina de Haifa e Caíque de Florianópolis

Zaina é palestina étnica, mas de nacionalidade israelense e mora em Haifa. Seu pai é graduado em Ciências Contábeis e é despachante de exportação e importação no Porto de Haifa e sua mãe, formada em Turismo, trabalha numa agência de viagens. O pai de Caíque é professor aposentado de Geografia e a mãe, já falecida, foi professora de costura feminina e fazia vestidos para noivas.

Quando tinha 15 anos, Caíque havia decidido que tipo de pessoa queria ser. Queria viajar o mundo e ver os lugares por onde os portugueses haviam sido pioneiros na época das grandes navegações como relatava o seu pai que, em muitas noites, lia em voz alta trechos dos Lusíadas de Camões. O seu pai é descendente de açorianos da época do Brasil colonial. Quando criança, por vezes, depois que recolhia a roupa do varal a pedido de sua mãe no final da tarde, Caíque sentava em cima de uma enorme pedra, que parecia sempre querer se desprender e rolar, aos fundos do jardim de sua casa no Morro das Pedras, ainda pouco habitado, em Florianópolis; enquanto contemplava as águas azuis e por vezes cores de esmeralda do Atlântico, sonhava em cruzá-lo para o outro lado e ver o deserto de Namíbia; de lá o seu bisavô materno tinha fugido no final da Primeira Guerra Mundial, com medo de voltar para a Alemanha destruída e apreensivo de ficar sob a tutela dos ingleses que passaram a controlar o então chamado Sudoeste da África.

Na juventude e vida adulta, fez o seu caminho, mas só priorizou os estudos e as atividades profissionais de economista. Tinha feito a graduação em economia na Escola de Economia de Londres e as graduações em Matemática e em Filosofia no Brasil. Nunca reservou tempo para ter uma família, contudo agora que tem o tempo para si, parece que a afetividade vem até ele.

Zaina, por sua vez, como criança também costumava olhar as águas do Mediterrâneo sentada numa pedra no jardim da casa de seus pais, numa das subidas do Monte Carmelo. Seus avôs haviam mudado para Haifa após a guerra de 1948, tendo saído de Al-Mansura, atual assentamento comunitário de Kalenit, nas imediações de Kinneret em Israel. Quando adolescente ponderava sobre o seu futuro e como poderia honrar seus pais e as gerações passadas se tornando uma médica respeitável. Havia sonhado, desde criança, em morar no Brasil. Até brincava com seu irmão que o primeiro que conseguisse, levaria o outro e, quem sabe um dia, até mesmo Mama e Baba. Dentro de seu coração puro e cheio de fé islâmica, guarda todo o seu amor para aquele que um dia sentiria ser o verdadeiro parceiro.

Não obstante, os anos que os distanciam em idade, Zaina e Caíque tornam-se desde o início e cada vez mais, atraentes, desejáveis e quase irresistíveis um ao outro. Nascidos e criados em contextos totalmente diferentes, sendo espólios do império português, otomano, britânico e alemão se encontram na era da globalização acelerada do século 21. Ele é um viajante do mundo, natural de Florianópolis e residindo por lá; ela é uma médica formada com bolsa de estudos na Universidade de Tel Aviv, e agora com mestrado recém-completo na Universidade de Londres, natural de Haifa e disposta a explorar um mundo maior para além das apertadas porções de terras divididas entre Israel e Palestina.

Zaina termina o mestrado em medicina na Universidade de Londres e fica por lá mais dois meses e no final de novembro de 2026 regressa para a casa dos pais na residência em Haifa. Ele embarca para lá em meados de dezembro do mesmo ano para que os pais e o irmão dela possam conhecê-lo e, com muita esperança, aprovar o relacionamento. Desembarca no aeroporto Ben Gurion em Tel Aviv e toma facilmente o trem até a estação de Haifa onde é esperado por Zaina e seus pais e daí seguem para a residência bem ao alto no Monte Carmelo. De lá se avista o porto e o Mediterrâneo que forma um espelho sob o brilho oblíquo do sol ao fim da tarde; isso lembra a sua Florianópolis no amanhecer. Claro que a família se demonstra orgulhosa do caminho acadêmico e profissional que está dando certo para a filha, mas, não fosse pelo aparente conforto financeiro do pretendente, teriam logo alertado para a diferença de idade entre eles. Quando os parentes dela perguntam cheios de curiosidade quem ele é responde misteriosamente: "sou um forasteiro do mundo, o mundo é um grande kibutz!"

Os dois passam o Natal de 2026 em Belém, que está sob a Autoridade Palestina. E de volta para mais uns dias com a família em Haifa selam o noivado no Ano Novo de 2027 e anunciam que planejam casar e ela tentará uma vaga para doutorado em Medicina no Brasil, possivelmente na Universidade Federal de Santa Catarina (UFSC), em Florianópolis, terra natal dele.

Uma vez aprovados, ele propõe e ela topa algo totalmente fora deste mundo e fora do conceito de felicidade que a maioria tem: viver os dias de alegria da lua de mel num dos cantos mais sofridos da Terra, meio a verdadeira distopia do Congo; testar um ao outro na maior adversidade e levar sorrisos aos que possam encontrar nos rios em barcos, nas estradas em caminhões, motos, ônibus, táxis, trens, veículos na sua labuta diária pela sobrevivência no Congo. Subir pelo rio Congo em embarcações normais do dia a dia, com as pessoas em locais de parada em parada, em ancoradouros e portos fluviais, e depois, em trechos por terra, desafiar o Congo. Ao que ela ouve atentamente e topa. Para ela isso tudo é revelação da vontade de Alá para compartilhar a vida com o parceiro que o próprio Alá lhe tem escolhido. E, para ele, não deve ser mais uma daquelas viagens para lugares inóspitos e distantes que está acostumado a fazer, mas que tem lhe custado alguns relacionamentos promissores, pois as parceiras nunca topavam ir junto, achando que ele só o fazia para testá-las e dissuadi-las.

No mesmo zelo que era próprio da mãe de Caique, parece que Ishtar está a cortar os tecidos em silêncio para também costurar e vesti-los a caráter. Agora já é o terceiro ano daquele encontro não planejado na Universidade de Tel Aviv. Ambos têm a plena certeza de que o verdadeiro amor não tem hora, nem lugar, nem origem, nem idade, nem etnia, nem nacionalidade, nem escolaridade, nem nível de renda, nem estereótipo de beleza. É um encontro encantador de olhares, fluxo de sentimentos, uma ligação química com catalizadores de entusiasmo, compreensão, respeito mútuo e parceria em cada *agora*.

✤

Em abril 2027 ocorre o casamento, bem tradicional e festivo com danças e ululação de alegria pelas tias da noiva. Em bom entendimento com a comunidade judaica, eles alugam o salão de festas do assentamento comunitário de Kalanit para lembrar a tradição palestina centenária na antiga Al-Mansura, o lugar onde os avós dela haviam nascido e gerações deles haviam ganhado a vida nas proximidades de Kinneret, mas haviam migrado para Haifa após a guerra de 1948. Além de honrar os seus antepassados, Zaina quer fortalecer a sua aceitação de dois Estados num mesmo território.

Na quarta noite após o casamento, eles se sentam sobre o gramado ao lado de fora da residência no Monte Carmelo, em Haifa, e observam as estrelas nos céus de Israel e ponderam os próximos passos. Dentro da mais pura tradição, ela agora tem entregado a sua virgindade a um casamento dentro da casa dos pais dela. Um sentimento de muita dignidade e muita honra e, doravante, muito amor para dar e receber. Eles especulam que tipo de estrelas contemplarão nos céus do Congo e Ishtar, quietinha nos céus escuta a conversa. Zaina admira-se do conhecimento que Caíque tem do Congo, enquanto ele a toma pelas mãos e navega pelas linhas de sua palma esquerda como se fosse a bacia do Congo e seus afluentes e lhe diz:

"Acho que conheço mais a África do que a palma de tua mão."

Ela abaixa a cabeça, olha de um lado para o outro e parece ter se sentido desprestigiada.

E ele logo repara:

"Mas saiba que há dois corações que palpitam ao lado do meu: o teu e o da África."

Ela perplexa, quase chega a duvidar que um homem assim possa existir nesses dias e tempos. Ele entusiasmado, quase chega a duvidar que uma mulher tão linda e tão mais jovem possa amá-lo tanto. Mas até agora tudo está dando certo. E de fato tudo serve para encantá-los e persuadi-los a uma partilha de vidas. E ela demostra topar aventuras. Muito embora viva no ambiente paradisíaco de Haifa, está prestes a sair de uma região turbulenta do planeta e com alguns focos ainda em disputa de palmos de terra entre a Autoridade Palestina e o Estado de Israel. É a sua oportunidade de partir para ver outros lugares do mundo; e o mundo é grande, e neste exato momento o Congo lhe parece uma galáxia de tão grande. Para passear por aquelas florestas, matas e infindáveis descampados, aquelas cidades e vilarejos desconhecidos, aqueles rios tortuosos com correntezas e redemoinhos e barcos inseguros, aquelas estradas impossíveis e ferrovias perigosas só na companhia de seu amado. E eles têm confiança absoluta um no outro.

Zaina talvez nem faça ideia da giganteza do rio Congo e nem das distâncias dentro do país. O lago Tanganica comparado ao Kinneret será uma imensidão. A viagem de menos de uma hora entre Tel Aviv e Jerusalém logo deverá parecer impossível quando ela lembrar disso depois de tantos dias nas estradas visitando vulcões e cortando montanhas entre os grandes lagos. As ruas limpas e o trânsito funcional de Israel e da Palestina lhe parecerão mesmo uma utopia quando estiver em Kinshasa.

Tendo viajado pelo mundo desde os seus 25 anos de idade, nada encanta mais Caíque, até agora, do que chegar em uma cidade e lugar desconhecido para explorar tudo nos primeiros dias e tão logo sentir-se em casa. Já andara se aventurando por diversos países da África, mesmo antes de Zaina ter nascido. Além do Egito e da Etiópia, já tinha passado pelas estradas, ferrovias, lagos, matas, rios e trilhas da África Central, Meridional, Oriental e Ocidental. Já havia se encantado por vulcões, pedras e minerais e deseja que eles fiquem por lá, intocados, por outros tantos milhões de anos vindouros. Tendo admirado o rio Congo por ar e por terra, agora é o caso de se embrenhar pelas suas entranhas fazendo jus ao seu nome em Tupi *aquele que desliza sobre as águas*, com aquela cujo nome em árabe significa *linda*, numa viagem épica, significativa e inesquecível, senão quase impossível.

Dias depois partem para a lua de mel na República Democrática do Congo, que deve durar até o fim de outubro daquele mesmo ano viajando no sentido horário sobre o mapa.

Brutalidade sobre o Congo

A atual República Democrática do Congo pode ser entendida como a utopia natural misturada com a distopia humana. Suas florestas têm mais de 600 espécies de árvores e 10.000 espécies animais (10% das espécies da Terra); seu subsolo é uma verdadeira tabela dos elementos químicos e o rio Congo tem mais de 700 espécies registradas vivendo em suas águas. Os parques nacionais de Garamba, Kahuzi-Biega, Kundelungu, Lomami, Maiko, Parc Marine des Mangroves, Salonga, Upemba e Virunga e os parques específicos de preservação como o Ituri, Lola ya Bonobo, Lomako-Yokokala, Ocapi e Senkwekwe, bem como o Jardim Botânico de Kisantu e o Symphonies Naturelles são bem cuidados e amplamente visitados pela comunidade internacional. Inclua-se também visitas aos povos da floresta, outrora chamados de pigmeus, e as mais famosas correntezas e quedas d'água de Boyoma, Livingstone e Zongo.

O Congo tem coisas únicas como o bonobo, o ocapi e o elefante híbrido. O rumba congolês, no ritmo soukos criado por Papa Wendo, é apreciado no mundo todo também nas vozes de Franco Luambo, Kanda Bongo Man, Kofi Olomide, Malidu Sytems, Papa Wemba, Pepe Kalle, Sam Mangwana e Tabu Ley.

O urânio utilizado para construir a primeira bomba atômica e para as armas nucleares dos EUA na década de 1950 foi suprido pelas minas de Shinkolobwe perto de Likasi. Atualmente tem uma mistura de mineração artesanal e industrial e suas exportações maiores são o café, cobalto (2/5 do mundo), cobre, coltan, diamante, estanho, madeira, ouro, petróleo bruto, tungstênio, zinco; também explora e exporta cassiterita, gás natural, lítio, malaquita, níquel, tântalo, tungstênio, urânio.

Terra de espécies únicas, povo inteligente, amável e criativo, mas amplamente desconhecido entre brasileiros, principalmente pela sua história econômica, política e social após a independência. Muitas pessoas só conseguem associar o Congo aos filmes King Kong e Tarzan e outras ainda confundem povos e tradições vindos da África sem saber das diferenças étnicas e geográficas entre eles.

Os maiores descobridores externos e exploradores na África, na segunda metade do século 19, por ordem cronológica são o escocês James Bruce, o escocês Mungo Park, o francês Rene-Auguste Caillié, o alemão Heinrich Barth, o inglês Samuel White Baker, o inglês Richard Francis Burton, o inglês John Hanning Speke, o escocês David Livingstone, o galês Henry Morton Stanley, o ítalo-francês Pierre Savorgnan de Brazza a inglesa Mary Henrietta Kingsley. Seus escritos tornam a África mais conhecida na Europa e na América do Norte, mas também despertam interesse predatório naqueles que vão talhar a *Partição da África* na Conferência de Berlim entre novembro de 1884 a fevereiro de 1885.

A começar pelos primeiros contatos dos portugueses, em 1482, e continuando com o comércio de pessoas e de marfim do início do século 18 ao início do século 20, a brutalidade se impõe ao Congo, quase sempre por forças externas ao país, mas também com colaboradores internos. Não fora suficiente a tragédia da escravidão, o Congo tem uma história dramática novamente desde meados do século 19 com as incursões da Bélgica por agentes e militares serviçais ao rei Leopoldo II. Depois o sonho da independência foi deliberadamente frustrado pela crise do Congo (1960-1965) em três áreas geográficas distintas de conflito: o oeste controlado por serviçais a Kasa Vubu e Mobutu, o leste e norte pela Rebelião Simba e o sul pelos secessionistas de Katanga. Ao assassinato de Patrice Lumumba, segue a cleptocracia ditatorial de Mobutu (1965-1997) como "aliado do Ocidente" no jogo da Guerra Fria, um arranjo sanguinário que culmina com mais sangue ainda na Primeira Guerra do Congo (1996-1997) e na Segunda Guerra do Congo (1998-2003). A tragédia continua com surtos de epidemias, desabrigo, deslocamento, diarreia, diáspora, ebola, êxodo, fome, intimidação, malária, pobreza, suicídio, tifo, tristeza, violência, pandemia Covid-19 e a árdua busca da estabilidade política atual. Nos últimos 500 anos, o equivalente a atual população de Santa Catarina e da Dinamarca tem perecido pela brutalidade do colonialismo, sendo mais de 5 milhões somente nos últimos 25 anos.

Patrice Eméry Lumumba (1925-1961) é a expressão viva da esperança congolesa no início dos anos 1960; com ilegalidade e brutalidade é traído, deposto, preso, humilhado, torturado, assassinado e seu corpo dissolvido em ácido. A sua morte representa também a morte da própria África, da esperança, da utopia e da felicidade; na verdade, o início do sofrimento sistemático, individual e coletivo, na distopia econômica, política e social imposta ao Congo e ao solo africano após as independências. Na Guerra Fria (1947-1991), alguém decide em terras para além das margens do rio Congo que o país, assim como a África independente, não deve ter heróis, nem mártires, nem referência, nem reverência, nem memória e nem aliados que não sejam aqueles impostos pelo neocolonialismo. Na estratégia, os africanos ficam com a bandeira, a cultura, as estradas, as ferrovias, as forças armadas, o futebol, o hino nacional, a música, a política (mesmo assim manipulada de fora) e a religião; toda a construção e manutenção da infraestrutura, do setor público e das embaixadas e a sua respectiva depreciação é da "soberania" dos africanos. Enquanto quem baixa a bandeira colonial e repatria as suas forças armadas para a metrópole fica com a economia, claro que em parceria seletiva com comparsas serviçais internos. Governantes e empresários nacionais e internacionais bem como agentes de alguns países ocidentais orquestram a tramoia e a brutalidade se impõe.

O resultado dessa brutalidade, a distopia econômica, política e social é visível pelas ruas de Kinshasa e em tantos cantos do Congo hoje. Mas Zaina e Caíque em lua de mel não querem nutrir ressentimento e nem revolta contra os brutos que negam a felicidade e impõem o sofrimento ao povo congolês. Querem compartilhar a sua felicidade, embrenhar-se pela sua geografia e sociedade numa viagem épica e inesquecível, senão quase impossível.

Com a utopia no subsolo, a distopia sobre o solo e embaixo de cada pé congolês a utopia humana está mais distante do que o lago Tanganica ao Atlântico. A vida diária da maioria dos congoleses termina numa verdadeira escravidão no seu próprio país, que há 500 anos é escravizado de uma forma e de outra por intrusos de fora e colaboradores de dentro. O charuto de bilionários a milhares de quilômetros do Congo, as lojas de diamante, esmeralda e ouro nas cidades paradisíacas da Terra e o bafo de whisky nos hotéis de luxo de Kinshasa e Lubumbashi prolongam a distopia econômica, política e social do Congo, numa verdadeira distanásia existencial e evaporam vidas e almas longe da felicidade da utopia realizada nos países daqueles que pilham os solos do Congo. Paira no ar a dor do sofrimento que se mistura às nuvens e desce nas tormentas na estação da chuva para escorrer pelas artérias de sangue do rio Congo e desembocar no Atlântico.

Elementos da distopia do Congo estão presentes em muitos outros países da África. E quem se importa com isso?

A distopia do Congo é um lembrete de que o seu sofrimento único em dias e noites, de alguma forma adentra os lares do mundo como uma vingança contra a utopia daqueles que, mais cedo ou mais tarde, terão que se deparar com o dilema de lidar com alguém na sua família em partida por doença terminal, velhice ou suicídio.

VINGANÇA DA DISTOPIA

Em cada *agora* no tempo
em felicidade ou sofrimento
em cada metro quadrado
o respiro será parado

ouro, minérios e idiotice
doença terminal ou velhice
ortotanásia e suicídio
distanásia e genocídio

Colonialismo triste herança
e o Congo em vingança
joga a sua Distopia
nos lares em Utopia

Sem relativizar a tragédia humana da escravidão e do comércio triangular, por vezes se chega a pensar que o comércio de pessoas, a brutalidade colonial da Bélgica no Congo assim como a dos intrusos nas últimas sete décadas, têm todos o mesmo grau de crime. Talvez aqui vale outra lei, manipulada para o propósito destes relatos: "é bom que um morra para outros terem vida".

Em solidariedade o novo casal quer exalar o perfume de rosas e de jasmim de sua felicidade junto à vida sofrida dos congoleses na épica luta diária para a sobrevivência no barco, bicicleta, caminhão, moto, ônibus, táxi, trem, veículo; o casal quer irrigar as artérias de sangue do rio Congo com a felicidade dos dias de lua de mel, para aliviar o sofrimento do povo e lavar a culpa dos criminosos nacionais e internacionais em solo do Congo nesses últimos 500 anos de comércio de seres humanos, armas, borracha, diamante, esmeralda, marfim, minérios, munições, ouro e encomenda da morte.

Zaina e Caíque querem levar amor, compartilhar a sua energia junto a um povo tão amigável, inteligente e criativo, mas ao mesmo tempo tão sofrido e indefeso e por isso também visto como fraco e ingênuo pelos oportunistas sem coração, pelos exploradores brutais do passado e do presente e por aqueles que possivelmente deverão estar ainda por lá por um bom tempo no futuro. Mas um povo resiliente e tão santo aos olhos do próprio *Nzambi Mpungu*.

Kinshasa, é a capital federal, que no idioma Lingala significa *mercado de sal* por aglomerar pescadores; a cidade foi fundada por Henry Morton Stanley, em 1881, sob o nome de Leopoldovile e atinge a casa dos 17 milhões de habitantes no ano da lua de mel em 2027, tendo mesmo em alguns períodos dobrado a sua população a cada poucos anos.

A capital tem um trânsito de veículos com muita buzina, nada de ordem e cada veículo com a sua amassadinha. É quase impossível ver um mototáxi com menos de três pessoas. Contudo, o fluxo acontece e todos chegam aos lugares que querem para atingir seus objetivos. O tempo é o tempo do Congo, a paciência é a paciência do Congo, a resiliência é a resiliência do Congo. E, assim, é agora para Zaina e Caíque, onde começa o primeiro contraste entre a felicidade e o sofrimento, o tema central que perpassa essa novela de amor.

A lua de mel de seis meses, entre abril a outubro de 2027, ocorre em seis grandes trajetos, numa viagem no sentido horário no mapa da República Democrática do Congo:

- por embarcações fluviais no rio Congo entre Kinshasa e Kisangani;
- por estradas na região nordeste e leste para visitar parques, animais, vulcões e o lago Kivu;
- por embarcações fluviais no lago Tanganica;
- por estradas entre Moba e Lubumbashi, incluindo o lago Mweru;
- por trem de Lubumbashi a Ilebo;
- por embarcação fluvial entre Ilebo e Kinshasa.

A descrição geográfica que segue é toda real, a viagem e os personagens são criação literária do autor com base com sua familiaridade com a região.

CENTRAL AFRICAN REPUBLIC
SOUTH SUDAN
JUBA
BANGUI
Zongo
Mobaye
Bondo
Uele
Aba
Gemena
Titule
Buta
Isiro
Mungbere
Lisala
Bumba
Congo
Lake Albert
Nia-Nia
Yangambi
Kisangani
REPUBLIC OF THE CONGO
Mbandaka
Lake Edward
Boende
Tshuapa
Lac Tumba
DEMOCRATIC REPUBLIC OF THE CONGO
RWANDA
KIGALI
Lac Mai-Ndombe
Bukavu
BURUNDI
BUJUMBURA
BRAZZAVILLE
Bandundu
Kasai
Sankuru
KINSHASA
Ilebo
Lualaba
Lulimba
Tshela
Mbanza-Ngungu
Kikwit
Boma
Matadi
Kwilu
Lukuga
Kananga
Mbuji-Mayi
Lomami
Kalemie
Kasongo-Lunda
Tshikapa
Kwango
Manono
Lake Tanganyika
LUANDA
Kamina
Dilolo
Kolwezi
Likasi
Lubumbashi
ANGOLA
ZAMBIA

Parte II

LUA DE MEL NO CONGO

Navegando o rio Congo

A bacia do rio Congo, com 4700km de extensão, pode ser comparada à bacia do rio Paraná no Brasil com 4880km. Muitos rios em sua confluência têm o porte dos maiores rios brasileiros. O rio Chambeshi deságua no rio Luapula e esse deságua no lago Mweru; as águas do lago Mweru correm para o rio Luvua que deságua no rio Lualaba. A partir das cachoeiras de Boyoma é que o rio se chama de fato Congo.

O rio Congo recebe águas de quatro dos Grandes Lagos da África:

- Lago Bangweulu que deságua no rio Chambeshi;
- Lago Mweru que deságua no rio Luvua;
- Lago Tanganica deságua no rio Lukuga;
- Lago Kivu por meio do rio Ruzizi que flui para o lago Tanganica.

O primeiro passeio de Zaina e Caíque é a visita deles ao santuário dos bonobos em Lola ya Bonobo nas proximidades de Kinshasa. Esses "chipanzés pigmeus" são os geneticamente mais próximos dos humanos e objeto de muito cuidado e estudos, incluindo a sua psicologia.

O trajeto direto de 1750km por embarcação no rio Congo entre Kinshasa e Kisangani pode ser feito entre duas e três semanas com embarcação mista de cargas e pessoas. Grandes barcos e grandes balsas como as em que o casal viaja dificilmente conseguem fazer 100 km por dia e geralmente fazem uns 500km por semana.

Zaina e Caíque gastam quase cinco semanas, pois desembarcam em diversos ancoradouros para conhecer peculiaridades de cidades e vilas nas margens do rio. Interagem em alegria com a simplicidade das pessoas que estão ganhando a vida diária vendendo alimentos, animais vivos, artesanato, carne, lâmpadas, peixes, querosene, velas, vestuário, utensílios para a cozinha e a casa e até produtos industrializados.

A barraca, o colchão de ar, o farolete, o protetor solar, a rede de mosquito e o repelente de insetos agora já são quase órgãos de seus corpos.

Saindo de Kinshasa a embarcação logo alcança Mikala, Bombala, Léchia e depois de meia semana passa por Kwamouth onde o rio Kwa (continuação do Kasai) tem confluência com o rio Congo; até aqui a correnteza é bem forte e pesada dado o volume de águas que se juntam. Depois passa por Luele, Mbali, Tshumbiri; por Bolobo e Yumbi que têm ligação com diversas estradas e com rios. Pouco acima de Morebu, na margem esquerda, o rio Congo recebe as águas do rio Shanga e do rio Likouala de 650 km de extensão.

Em cada trajeto, outros barcos e balsas os acompanham, os ultrapassam, são ultrapassados e tantos outros de tamanho menor cruzam de um lado para o outro no rio. Nas embarcações, se vê guarda-chuvas e lonas de diversas cores que as pessoas utilizam para se cobrir do calor do sol. Ao longo das margens, se presencia muita vida com as pessoas sempre fazendo alguma coisa e andando para cá e para lá. De vez em quando, se avista crianças jogando futebol com bolas feitas de plástico ou de folhas de banana enroladas e apertadamente amarradas com o próprio plástico ou tiras de câmara de pneu de bicicleta.

Por tudo há diversas canoas e bem poucas são motorizadas; naquelas à remo a primeira pessoa rema de um lado na proa e a segunda rema do outro lado na polpa, numa sincronia perfeita com o balançar das águas. Elas fazem o transporte de pessoas, crianças de escola, cargas e pequenos animais vivos como galinhas, porcos e cabras. Canoas menores e barquinhos vêm buscar as bagagens e as pessoas quando o barco grande não tem como atracar nas margens do rio em vilas e cidades, pois poderia encalhar sobre um banco de areia ou lodo. Outros se aproximam para vender ovos, arroz, *makala* (carvão vegetal), alimentos fritos ou prontos para cozinhar como carne de frango, de suínos, peixes e por diversas vezes macacos já limpos e inteiros prontos para fritar. Também vendem óleo de ráfia e pedacinhos de cana de açúcar descansada prontos para chupar, vendem jiquis e outras armadilhas de pesca para outros pescadores ou para a balsa que, por sua vez, os vendem rio acima. Esses canoeiros e barqueiros compram itens da embarcação grande que vão desde saco de cimento, cerveja, medicamentos, *mafuta* (óleo no idioma Quicongo), utensílios para a cozinha, colchões, vestuário, tesoura, agulhas, carretel de linha e até máquina de costura e sofá. Assim a embarcação é um mercado flutuante-ambulante suprindo mercadorias e sendo suprida para o consumo da viagem ou revenda, como o fazem o caminhão, e a *chukudu* (lambreta artesanal de madeira), a *kinga* (bicicleta), o ônibus, o trem por terra pelas entranhas do país.

Em Lukolela, o rio Congo se afunila bem e em Irebu há confluência com o rio Ubangi (com extensão equivalente aos rios brasileiros Iguaçu, Iriri, Juruena, Paraíba do Sul e Tietê). Aqui também chegam as águas do lago Tumba pelo canal de Irebu, por onde Zaina e Caique tomam outra embarcação para visitar uma aldeia dos Batuás. Esse *povo da floresta*, como preferem ser chamados, chega a uma população de 100 mil habitantes na região do lago Tumba, mas grupos menores também vivem nas florestas de Ituri, perto da fronteira do Congo com a Ruanda e a Uganda, no Parque Kahuzi-Begae perto do lago Kivu e ainda no distrito de Katanga.

Sua estatura média é de 1.5m e alguns antropólogos do passado os chamavam de pigmeus; embora algumas iniciativas bem apropriadas tenham sido colocadas em prática para a preservação do seu estilo centenário de vida, o sossego deles tem sido perturbado nos últimos anos pela exploração de ouro e madeira, bem como por discriminação étnica, militarização das áreas e truculência por guardas florestais.

A essa altura Zaina e Caíque já percebem que parar em uma cidade ou vila traz transtornos para o cronograma deles e já estão se acostumando a esperar mais de um dia para apanhar outro barco; também não precisam ter pressa, pois estão passeando e apreciando tudo e o ritmo e o tempo são do Congo e não deles. Também nem parece que ante ambientes tão adversos e remotos da vida agitada em outros países eles estão navegando entre depósitos naturais de diamante e ouro.

Retomando o rio Congo, e depois de duas semanas de partida de Kinshasa, eles chegam à metade do trajeto para Kisangani. Desembarcam na cidade de Mbandaka, que faz ligação com estradas para muitas direções e confluência com o rio Ruki, e daqui passeiam por quatro dias nesta cidade equatoriana em torno de 1.2 milhão de habitantes; também visitam o Jardim Botânico de Eala, com mais de 3000 espécies de árvores e ervas; apesar de ser um dos mais importantes da vida tropical e ter servido como experimento de plantação de nozes do Brasil para introduzir no Congo, esse centro de experimento agrícola e de proteção e reprodução de espécies vegetais e animais tem sido negligenciado e severamente delapidado por forças militares estrangerias nas duas Guerras do Congo (1996-2003) e está em renovação com apoio da União Europeia.

Ao longo das margens do rio Congo avista-se casas em palafita, as construções em terra firme têm cobertura orgânica e se vê pouca telha e Eternit, mesmo para as escolas que geralmente não têm paredes. Ráfias são parte do cenário e são acompanhadas de incontáveis e majestosas sumaúmas que ainda escapam ao corte do machado e da motosserra para virar *makala* (carvão).

Animais vivos como galinhas, galos e até um cabrito e um porquinho são vistos em uma embarcação paralela subindo rio acima; estão bem firmes entre grades e caixas junto aos viajantes e na cobertura de metal, construídas para o propósito de cargas.

Pessoas cozinham no convés do barco e esquentam a comida pronta e uma passageira diz que é comum crianças nascerem durante as viagens.

A maioria dos viajantes toma água coletada do rio e, mediante isso, Zaina e Caique se sentem desconfortáveis, ricos demais e até arrogantes; eles levam a sua própria água mineral consigo e são quase os únicos a terem coletes salva-vidas que compraram em Kinshasa. Por outro lado, eles aprendem a lavar as suas camisetas, bermudas, saias e vestidos e as penduram para secar como os outros passageiros. Numa ocasião, Makanga, *sábia* no idioma Quicongo, uma senhora congolesa bem idosa se prontificou para lavar a roupa de Zaina, dizendo que ela é uma dama e não deveria fazer esse tipo de serviço. Zaina sorri e continua a lavar e diz que todas as mulheres têm a mesma dignidade. A senhora insiste, então Zaina diz: "Como insiste mesmo, vou lhe dar a honra da senhora lavar o meu vestido mais bonito." A vó Makanga concorda que aquela é a peça mais bonita e cabe muito bem numa mulher linda em lua de mel. Quando elas terminam de pendurar as roupas num fio de arame, Zaina diz: "Como a senhora lavou o meu vestido mais lindo, agora ele é seu". Makanga, meio envergonhada, mas feliz, aceita o presente e a abraça dizendo: "Nunca pensei que na minha vida toda um dia iria vestir um vestido tão lindo assim." E, abraçadas, as duas choram juntas e depois, de mãozinhas dadas, ficam olhando nos olhinhos uma da outra ao balanço do barco, absortas em apoio mútuo que as mulheres entendem muito bem entre si. Zaina nunca fala para Caíque, mas este talvez seja para ela o momento mais significativo da viagem da lua de mel.

Por três vezes um grupo de passageiros se assusta com a gritaria de outros apontando para o rio e em cada caso é um cadáver boiando; alguém deve ter se afogado ou sido morto por ladrões ou rebeldes; às vezes, dependendo da doença que causou a morte, a própria família acha mais conveniente devolver o corpo à natureza por meio do rio. Quando há algum tronco de árvore flutuando na correnteza a gritaria é a mesma pelo medo que possa enroscar na embarcação.

Mas o que chama a atenção mesmo é a resiliência das mães; com a impecável dedicação e carinho aos bebês e crianças elas, ao mesmo tempo, fritam bolinhos de chuva e preparam outros alimentos e lavam a louça com uma maestria como se o balançar do barco e o convés sem grade de proteção não as preocupam nem um pouco.

Em Boso Asuka, o rio Lulonga tem confluência com o rio Congo e a partir de Makanza, terra do povo Bangala e do idioma Lingala, o rio Congo se divide formando uma enorme ilha no meio e se espalha até Lisala.

Na embarcação sempre há um capitão, um piloto e um mecânico. Eles e o barco ou a balsa parecem ser parte natural do rio. É possível não encontrar peixes no rio, nem esmeraldas em terra firme, mas sem esses três não há Congo. É preciso muita maestria e bom conhecimento do rio pois o barco pode emperrar o casco na lama e no pântano ou nas laterais, bem como em touças e moitas de vegetação aquática ou em jacintos aquáticos flutuando. Há sempre alguém com uma vara ou taquara medindo a profundidade do rio e de vez em quando grita para o capitão "dois metros", "três metros", "quatro metros". Essa embarcação está sob a conduta do capitão Azizi, *menino precioso* no idioma Suaíli, do piloto Kibuíla um nome no idioma Quicongo e do mecânico Tshilobo, *herói* no idioma Tshiluba.

Na ausência de carta de navegação, o que conta é a experiência do capitão e ele faz questão de dizer que conhece bem o rio. A sua autoridade, postura paternal e ar de pretensioso *Fumu* (rei no idioma Quicongo) é indiscutível. O piloto, por sua vez, parece o próprio *Songa'Nzila* (o guia no idioma Quicongo). Com esse comportamento eles se sentem confiantes e todos se sentem seguros assim.

Depois de dias navegando, a paisagem e muitas coisas começam a parecer monótonas e o barco parece nem sair do lugar. É como se estivesse parado e com as águas correntes batendo na sua frente. É somente quando se olha para trás e se vê as águas remexidas pelas hélices tocadas com o seu motor monótono, que se percebe que o barco está se movendo.

Nzêmbo, que significa *som, música* em Lingala, é o nome de um viajante congolês no barco e que toca violão. Como muitos congoleses é talentoso e faz bom uso da oportunidade de aprender música. É exímio nos dedilhados e canta sons tradicionais conhecidos dos demais viajantes nos idiomas Quicongo, Lingala, Suaíli e Tshiluba.

Kamudimba, nome no idioma Tshiluba, também está nessa embarcação, e tem um tambor e se mostra percussionista sem igual. O seu tambor é do estilo ngoma do Congo, como dois troncos de cone invertidos, com o diâmetro superior maior do que a base dando um formato de taça; feito em madeira entalhada artesanalmente e com meio metro de altura, o couro de gado para as batidas é bem esticado e preso nas laterais por diversas tiras de couro transado a um elo também de couro na metade do instrumento. Na lenga-lenga do barco, no meio do rio, de vez em quando em toques macios, criativos, alegres, ele espanta o tédio e às vezes se junta a Nzembo para cantarem trechos de Kanda Bongo Man, de Papa Wemba e de Pepe Kale. E o barco avança ao ritmo kwasa kwasa, lentamente, como um gafanhoto que balança pousado numa folha de milho.

Há também um inglês, Simon, que pita maconha de vez em quando, mas não é muito bem-visto por Azizi, o capitão do barco, e por isso sempre fica numa posição onde o vento assopra para fora.

Zaina e Caíque ficam apreensivos no momento que algo enrosca na hélice, talvez uma touceira de jacintos aquáticos de grama flutuantes ou banco de areia; o barco começa a se atravessar no rio e já tem a sua frente quase toda virada em favor da correnteza e começa a deslizar no embalo; mas a maestria do piloto Kibuíla logo o imbica de volta para o rio acima. Por isso a precaução de navegar mais próximo das margens para fugir da correnteza forte. Há um zeloso ajudante encarregado de medir a profundidade do rio e ficar de olho em touceiras de gramas de jacinto aquático flutuantes que podem afetar a hélice do motor. Pelo que se percebe, dificilmente o barco atinge 10km por hora rio acima.

Caíque diz para Zaina que, diante da grandiosidade do rio Congo e da insegurança sentida no barco, há uma sensação de ser ninguém e nada, como aquela sentida nos desertos. Mas Zaina o conforta dizendo que o passeio também lhes propicia momentos únicos e que ela está muito feliz em compartilhar a felicidade deles, em lua de mel com os congoleses; conforme o horário do dia, quando o sol bate nas ondas, o rio parece ter a cor do mercúrio e no momento do pôr do sol parece vinho tinto e ela acha isso tudo muito poético.

Ainda a 450km de Kisangani, a embarcação alcança Lisala, que tem pouco mais de 400 mil habitantes. Dessa região vem o nome do vírus identificado em 1976, em Yambuku, dado em referência ao rio Ebola (versão francesa do original Legbla) que é um afluente do rio Mongala.

Nessa embarcação, há famílias inteiras migrando em busca de vida melhor em cidades maiores e levam todo o *makambo* (*coisas* no idioma Quicongo), tudo o que têm; não é demais, mas acabam gerando bom volume sobre o convés. Sempre há alguém rezando em voz alta e outros, deitados sobre as malas e sacos, e alguns ouvindo o pequeno rádio de pilha em ondas curtas.

Na terceira semana da saída de Kinshasa o casal em lua de mel chega em Bumba onde o rio é coberto por jacintos aquáticos e garças brancas sobre eles e o rio pode chegar a sua maior largura em até 19km. Daqui fica quase impossível imaginar que todo esse volume de água e mais um tanto que recebe em outras confluências rio abaixo irá se espremer numa passagem de apenas 200 metros de largura depois de Kinshasa, e antes de chegar no Atlântico; claro que a profundidade lá chega a até 220m, sendo que a média é de 12 metros em todo o seu curso. Em Bumba há ligação com a rodovia nacional N6 e aí é a grande inflexão do rio Congo deslizando a partir do sul no formato de uma grande cobra píton sobre a África e que já vem pendendo desde Waine-Rukula.

Quanto mais barcos transportando *makala* (carvão vegetal), menos árvores se vê nas margens e proximidades do rio. A maioria dos barcos não tem grades de proteção apropriadas. De vez em quando se vê uma cruz na margem do rio, indicando naufrágio ou fatalidade em menor ou maior proporção.

Balsas gigantes carregam toras atravessadas e sobre elas levam sacos de *makala*, sacos de cimento, sacos de sal, material de construção, canos para encanamento e até pessoas sentadas sobre as toras que certamente são para exportação. Mais acima avista-se um rebocador empurrando meia dúzia de barcaças contra a correnteza mansa do rio Congo.

Em Basoko, o rio Congo é bem mais estreito e tem confluência com o rio Aruwimi; já em Isangi há uma ligação de estradas para os dois lados do rio e o recebimento das águas do rio Lomami (equivalente em extensão aos rios Guaporé, Madeira, Negro e Uruguai).

Em Yangambi, bem no meio da floresta equatorial tem uma reserva de biosfera, que é parte do programa da UNESCO, com mais de 30 mil espécies de árvores e os animais específicos e únicos do Congo. Zaina e Caíque ficam com vontade de desembarcar para conhecer elefantes, macacos e o porco bravo africano ou também chamado porco vermelho do rio, mas deixam para ver tudo isso em Garamba. E, em Saint Gabriel, o grande Congo recebe as águas dos rios Lindi e Tshopo.

Por fim, chegam a Kisangani, onde depois de quase cinco semanas da partida termina o primeiro grande trajeto da lua de mel. A cidade tem pouco mais de 1.3 milhão de habitantes e é muito importante para a logística de transportes dentro do país; já teve boa produção de algodão, borracha e café e nas suas proximidades estão as quedas de Tshopo e a hidroelétrica bem como as famosas pescas nas correntezas de Wagenia. A partir de Kisangani e da vizinha Lubunga no lado sul do rio Congo há ligações rodoviárias para todos os lados com a N3, N4, N7 e R408. As rodovias nacionais são abreviadas com N e as rodovias regionais são abreviadas com R.

Florestas, animais e vulcões

O percurso de Kisangani para o Parque Nacional Garamba é de pouco mais de 600km indo para Nia-Nia pela rodovia nacional N4 e depois pela rodovia nacional N5 até Isirio e daí para o leste pela rodovia nacional N26 até Faradje. As rodovias de acesso de longa distância cruzam grandes vazios sem moradores ou agricultura por perto e são asfaltadas, mas há muita estrada de chão dentro do parque e na região.

Em Garamba há três tipos de vegetação bem distintas: savanas de pastagens e poucas árvores ao sul; florestas secas, densas e mistas, mas também ribeirinhas e pantanosas ao norte; savanas de mato, savanas densas e florestas com árvores que perdem as folhas nos períodos de seca nas áreas reservadas para caça. No total há quase 400 espécies de aves e a garça bovina é inseparável dos búfalos. Os animais mais fáceis de avistar são o antílope, bauala do mato, bauala dos pântanos, bongo, búfalo do Nilo, cabrito-cinzento (bambi), chipanzé, cobo, elefante, hiena, hipopótamo, javali, leopardo, macacos (Brazza, colobus, Patas, vervet), muntum, oribi, palanca-vermelha, porco vermelho do rio, sitatunga, vaca-do-mato.

Zaina e Caíque ficam em alojamentos confortáveis em Nagero e Gangala-na-Bodio e ficam encantados com as quatro espécies raras que são preservadas no parque: a girafa Kordofan, o rinoceronte branco, o elefante híbrido (entre o da savana e o da floresta) e o ocapi que é uma aparente mistura de zebra com girafa. Ainda lhes chama a atenção os elefantes africanos domesticados, girafas, leões (que são raros no Congo) e os maiores porcos do mato da África.

Ao caminharem lentamente na trilha estreita, entre as sombras e luzes das copadas da floresta densa e ainda sem clareiras de queimadas da avareza humana, eles sentem uma trégua agradável do calor do sol nesse período da seca. Porém à uma leve humidade natural não se pode escapar.

Por entre as sumaúmas e outras árvores equatoriais gigantes, plantas parasitas e trepadeiras é possível espiar o céu azulado com nuvens brancas e amarelas parecendo espatuladas do artista impressionista espalhadas pela tela. O brasileiro e a palestina sentem a presença do próprio *Nzambi Mpungu*.

Há incontáveis galhos pendidos, entrelaçados e cheios de musgo, onde o camaleão verde-amarelo-azul na mais inteligente camuflagem e sem pressa caminha com seus dois chifres a altura dos olhos e um terceiro acima da boca, parecendo os marfins do elefante ou mesmo um mini dinossauro.

Partindo de Garamba na jornada de aproximadamente 500km, são dois dias pelas estradas de chão saindo da cidade de Aba até Aru e de lá para Bunia e partir daí para Komanda pela rodovia nacional N4 passando por Beni até Butembo. Essa cidade tem mais de 350 mil habitantes, é importante centro comercial na região, tem hospitais e um aeroporto. Plantações de café e chá formam a base da economia comercial e o grupo étnico Nande forma a grande maioria entre os habitantes. Tanto em Butembo, quanto em Beni, houve um surto de ebola em 2018, e, em Beni, ocorrem intensas lutas bélicas entre grupos armados, milícias e rebeldes no início do século 21, tendo sido necessário enviar tropas da ONU para restaurar a ordem.

Se o rio Congo significa o fluxo da vida, os vulcões representam cada *agora* no tempo sem pressa do planeta Terra ainda em formação. Nesse *instante permanente*, os vulcões em atividades também representam partes de uma Terra ainda em resfriamento e os milhões de anos para trás e os milhões de anos para a frente do nosso atual tempo. Adeptos dessa intepretação, a palestina e o brasileiro incluem a visita aos vulcões na sua viagem épica.

Saindo de Butembo, eles seguem pela rodovia nacional N2 passando por Kanya Bayonga para chegar a Ngiko e visitar o vulcão dormente Mikeno (4437m) que no idioma local quer dizer *pobre*, pois enxota a vida humana perto dele uma vez que nada cresce por lá; logo ao leste e bem na fronteira entre o Congo e a Ruanda (mas dentro da Ruanda), visitam o vulcão ativo Bisoke com 3711m e o vulcão extinto Karisimbi (4507m) que é o mais alto da cadeia de Virunga e por isso significa *neve* no idioma Quiniaruanda.

Não visitam, mas mais ao norte e na tri fronteira Congo-Ruanda-Uganda está o vulcão Sabyinyo, o *homem velho com dentes grandes* com 3645m de altura; e não muito longe do Sabynyo, entre a Ruanda e Uganda estão também os vulcões Gahinga com 3474m e o vulcão Muhabura, *o guia* com 4127m de altura.

Depois de visitarem o vulcão Karisimbi, partem para a cidade de Buhumba perto de Goma para visitar o vulcão Nyiragongo, ativo e com 3470m e na sua proximidade os vulcões Shaheru e Baruta. Numa noite, por volta das 23h, Zaina e Caíque vibram de alegria ao avistarem da sacada do hotel, o clarão das entranhas de fogo do Nyiragongo contra os céus limpos, sem nuvens. É como se voltassem a milhões de anos para trás no tempo quando a Terra ainda estava ardendo e agora continua a esfriar nesta parte do planeta. Na mesma região, mais ao noroeste visitam o vulcão Nyamuragira de 3058m o mais ativo da África e que entra em erupção de vez em quando.

É encantador para Zaina e Caíque sentarem-se sobre pedras, entre muitas irregulares e pontiagudas nas escarpas dos vulcões, com pouca grama e diferentes plantas típicas de rochas de lava, mas com muitas flores silvestres e contemplar o sol que bate num lado da montanha de manhã e noutro lado à tarde enquanto a brisa gelada das alturas nas entranhas da África bate aos seus rostos de olhos curiosos. Aqui fazem amizade com Sato, um jovem biólogo japonês, muito simpático a todos, e que está escrevendo um livro sobre as espécies naturais do Congo.

Agora seguem para Goma, a menos de 15km do Nyiragongo, e que tem pouco mais de 250 mil habitantes e ali ficam por uns dias. A cidade ficou famosa no noticiário mundial devido à epidemia de cólera e pelo grande influxo de pessoas escapando do genocídio na Ruanda em 1994. É aqui também que foi inventada a *chukudu*, (do inglês *scooter*), a lambreta artesanal de madeira e substituta da bicicleta. Na sua divisa com a cidade de Gisenyi, na Ruanda, cruzam muitos caminhões e carretas que fazem todo o tipo de transporte entre o Congo e os portos da costa Índica da África.

Goma se conecta com Kigali por meio da rota nacional RN4 da Ruanda e Bukavu se conecta com Butare por meio da rota nacional RN6 da Ruanda. As duas cidades congolesas têm bastante conexão por caminhões e carretas com os portos de Mombaça e Malindi no Quênia, e Dar es Salaam, na Tanzânia.

O Lago Kivu tem 90km de comprimento e a metade disso em largura. Hospeda em torno de 2 milhões de habitantes nas suas proximidades sendo os lugares de maior habitação congolesa as cidades de Goma, Bukavu, Kabare, Kalehe e Sake. As terras nas suas margens são férteis, as plantas são robustas com folhas até escuras de tão verdes, a agricultura e horticultura são sadias e bem produtivas como resultado das cinzas espalhadas de tempo em tempo por erupções limnicas; a ligação subterrânea com as lavas do vulcão Nyiragongo gera gás metano e dióxido de carbono em suas águas. Por isso também é chamado de *o lago que pega fogo*.

Na *Partição da África* na Conferência de Berlim (1884-1885), sob posse da Bélgica, o Congo ficou com a maior parte do lago Kivu para coibir o poder estratégico e geopolítico da Alemanha na região. A Alemanha detinha o controle dos territórios do Burundi, Ruanda e Tanganica entre 1885 até o Tratado de Versalhes em 1919. Assim a ilha de Idjwi, que já pertenceu à monarquia da Ruanda séculos passados, hoje tem 200 mil habitantes e continua sob a soberania do Congo; com a presença de gás metano abaixo do seu leito, hoje a Ruanda olha para o lago com cobiça, muito embora nunca o tenha reclamado por meios diplomáticos ou militares.

Mais ao sul e ao oeste do lago Kivu e próximo do lago Tanganica já se iniciam as montanhas de Itombwe e mais ao oeste o Parque Nacional com o mesmo nome. Assim como as cadeias de Rwenzori, fazem parte do Vale da Grande Fenda da África e são elevações provocadas por forças vulcânicas e movimentos tectônicos que podem ser vistos nas formações rochosas e escarpas. Com 3475m o monte Mohi é o mais alto na parte mais elevada da cadeia que está próxima do Tanganica e desce levemente em direção do rio Congo. Grande parte dessas montanhas são cobertas por florestas, sendo comum se ver árvores dossel com até 30 metros de altura que chegam a deixar a floresta escura com suas copadas fechadas na altura. Regularmente ocorre formação de geadas a noite, uma vez que a temperatura média no ano durante o dia é de 16 graus Celsius e raramente passa de 20 graus Celsius. Chipanzés, gorilas e elefantes sentem-se no paraíso em Itombwe, mas há pouca população humana e pouco acesso turístico.

Partindo de Goma para Sake e daí para o sul de micro-ônibus Mitsubishi, costeando o lago Kivu pelas curvas em subidas e descidas da rodovia nacional N2, passam pelas altitudes de Kalungu, Nyamasa, Kavumu e Kidumbi e chegam a Bukavu. Essa cidade tem um pouco mais de 700 mil habitantes e boa infraestrutura e forte comércio, já notado no jeito empreendedor dos Grandes Lagos, da África Oriental, e uma influência maior da costa suaíli. Depois de Bukavu, seguem para Uvira pela N5 para chegar ao lago Tanganica.

Navegando o lago Tanganica

Com 673km de comprimento (equivalente à distância entre Florianópolis e São Paulo), largura de até 72km (equivalente de Santos a São Paulo) e profundidade de até 1500m e profundidade média de 570m, o Tanganica é o segundo lago mais profundo da Terra depois do Baikal e o segundo em tamanho na África depois do Victoria. Suas margens somam quase 2000km e tem intensa navegação por cabotagem e inúmeros ancoradouros para barcos pequenos para a pesca, carga e pessoas. Os barcos grandes com carga de importação e exportação, suprimentos de combustíveis, matéria-prima e produtos acabados operam nos grandes portos de Kalemie, Kulundu-Uvira, Moba; esses têm conexões com os portos de Bujumbura no Burundi, Kigoma na Tanzânia e Mpulungu na Zâmbia.

Na logística nacional e internacional do Congo as redes de transporte fluvial e terrestre estão ligadas aos portos de Baia de Walvis, Banana, Bukavu, Dar es Salaam, Kisumu, Lobito, Malindi, Matadi, Mombaça e com as estradas da Angola, Burundi, Quênia, República Centro Africana, Ruanda, Sudão do Sul, Tanzânia, Uganda e Zâmbia, causando efeito multiplicador significativo em toda a região.

Nas margens do Tanganica, por tudo se vê mulheres lavando roupa, geralmente sobre pedras; tipicamente, mães dedicadas e de todas as idades caminham de um lado para o outro carregando frutas, verduras, e legumes na cabeça e geralmente uma criança nas costas. As colinas em torno do lago Tanganica têm sido ocupadas por construções ilegais e caóticas, levando a deslizes bem com dejetos despejados no lago ou levados pelas chuvas. Poucas casas são de tijolos vermelhos de olaria e a maioria são cozidos ao sol; raramente são rebocadas e a cobertura geralmente é de zinco e eternit. Há montanhas rochosas, em parte cobertas por vegetação; além disso, as águas do lago Tanganica são sempre cristalinas e, à distância, meio azuladas. Nessa região, no final da tarde, o sol se esconde preguiçosamente por traz das montanhas indo do céu claro para o amarelo, laranja e vermelho e depois a escuridão se impõe e já se pode ver Ishtar a brilhar nos céus.

Uvira tem ruas estreitas e muita gente por todos os lugares, caminhando de um lado para outro, sempre carregando algo, geralmente na cabeça, empurrando um carrinho de mão, a *chukudu* (lambreta artesanal de madeira) e a *kinga* (bicicleta) abarrotadas de mercadorias.

Como em outras partes do Congo, a vida aqui segue a normalidade, incluindo crianças indo para a escola, não importa o meio de transporte ou quantos quilômetros a pé e nem as condições das escolas; mesmo assim, os professores estão lá, os conteúdos para cada série acabam chegando, com experimento químico e tudo.

O porto de Kulundu-Uvira é crucial para o abastecimento do porto de Bukavu, para onde as mercadorias seguem por estradas em caminhões e carretas. De lá, são redistribuídos em pequenos barcos pelas margens do lago Kivu. Os containers chegam aos portos por caminhão e daí seus conteúdos são redistribuídos nos barcos menores para as margens do Tanganica. Tudo funciona, no ritmo do Congo, sendo que as vezes é preciso aguardar outros containers ou barcos chegarem para completar a carga e depois navegar para o destino.

Um tipo de barco leva a carga no casco e a mercadoria é coberta por chapas de aço soltas sobre as quais pessoas se acomodam e alguns levam até cadeiras de plástico para sentar-se; o outro tipo de barco leva a carga mais pesada no andar de baixo e a carga mais leve na cobertura feita de chapas de aço fixas e com boas grades de proteção para cargas e pessoas. Os estivadores se parecem bem experientes para fazer uma distribuição bem equilibrada entre cargas e pessoas, e na maioria das vezes, as próprias caixas servem como bancos para os viajantes.

De barco de Uvira para Kalemie leva dois dias e uma noite. Na hora da embarcação, quem tem melhores pernas, mais músculos e menos vergonha entra primeiro no barco, assim como ocorre no trem. Mesmo mães com suas crianças não têm a preferência e nem a cortesia de ninguém, e uma delas está com a criança nas costas, com uma bolsa enorme em cada mão e outra maior ainda sobre a cabeça; atrás dela vem outra mãe na mesma situação e ainda empurrando vagarosamente uma quarta bolsa com o pé. Um jovem cavalheiro se sensibiliza para ajudá-la e mais quatro homens se mexem e ajudam outras mães e, em poucos minutos, tudo está acomodado.

Como visto nos barcos e nos ônibus até agora, as pessoas levam para a viagem água, biscoitos, pão, leite, carne e peixes fritos, cana de açúcar para chupar. Nesse barco, todos já estão acomodados quando o capitão avisa que a saída vai demorar. Lá se vai meio-dia inteiro com todos sentados no barco a ponto de a comida que era para a viagem já quase terminar.

O embarcação está superlotada e, para aqueles que estão nas beiradas e na frente do barco não sobra outra opção senão levar respingos d'água e passar frio com o vento que sopra na roupa molhada durante o trajeto.

À distância, a partir da embarcação, se vê várias ilhas e ilhotas sem ninguém e com poucas plantas, mas de vez em quando se vê um crocodilo ou uma tartaruga nadando e peixes saltando e outros seres que nem dá para identificar. Amendoim, banana, batata doce, chuchu, feijão, mandioca, milho e tomate são as maiores plantações, incluindo frutas naturais como o abacate, a goiaba, o mamão. O espetáculo é que todo mundo está muito ocupado e há muita vida por tudo onde se olha.

Até onde a vista alcança lago adentro e nos ancoradouros, há incontáveis barcos pequenos operados pelos *tangas*, os pescadores e entregadores de pequenas cargas aos pequenos povoados nas margens e nas colinas do lago. Uma vez que a carne bovina é quase inexistente por aqui, eles pescam para o seu próprio consumo e também para a troca por outros produtos, as vezes até por carne suína ou caprina cozida ou frita, que deverão consumir entre dois e três dias para não se estragar devido ao calor. Os tangas suprem muitos ancoradouros das cidadezinhas e povoados maiores e quando voltam trazem produtos industrializados, açúcar, café, óleo de cozinha, peças e pneus de bicicleta, querosene, sal, vela.

Motema, *coração* no idioma Lingala, uma viajante diz que as noites escuras rendem mais peixes e na lua cheia nem pensar em utilizar o barco pois os cardumes nem aparecem. Assim, tanto no decorrer do ano, quanto nos ciclos da lua, os *tangas* sabem exatamente o que fazer. Dificilmente se vê algum deles com calçados nos pés e geralmente andam sem camisa e só de bermuda e "calção de jogar futebol". Ficam molhados e se secam ao sol e ao vento diversas vezes em um único dia.

Kalemie, onde Zaina e Caíque se hospedam no Hotel Musalala, tem mais de 150 mil habitantes e importância econômica no setor de alimentos, cimento e têxtil; o aeroporto alimenta voos para outras partes do Congo e a cidade também serve de logística para o transporte de minérios como carvão, cobalto, cobre, estanho e zinco. Na sua conexão com o porto de Kigoma há transporte de açúcar, cimento, combustíveis, farinha de trigo, material de construção, sal;

com o porto de Mpulungu há o transporte de açúcar e combustíveis.

O porto de Kalemie é bem estratégico no lago Tanganica e já chegou a estar conectado com a ferrovia de Kabalo até o rio Lualaba e também com o porto de Kigoma para então utilizar a ferrovia da Tanzânia para o porto de Dar es Salaam. Suas ferrovias já chegaram a ligar com Kabalo, Kindu, Lubumbashi e Nyunzu.

O porto não está em condições plenamente operacionais para grandes cargas, mas opera barcos menores para Bujumbura, Moba e Mpulungu. Guindastes são vistos parados, enferrujados, entortados e pretejados pela chuva e pelo tempo; barcos de carga com falta de peças e de motor também enferrujam no tempo. Os passos curtos de pessoas desempregadas vão no ritmo da degradação da estrutura física do porto e da ferrovia. Recentemente a China tem se interessado numa reabilitação.

No passado essa cidade portuária já foi castigada pela mosca do sono e por traficantes de escravos; as ruas têm pouquíssima pavimentação e algumas construções de tijolos à vista e a sua arquitetura lembram o colonialismo. Aqui as águas do Tanganica deslizam para formar o rio Lukuga que faz confluência com o rio Lualaba logo depois de Zanza; só para lembrar que o instrumento musical zanza, o piano preto, da família do kalimba e imbira, é originário do Congo.

No porto de Kalemie tomam um barco para o porto de Moba num trajeto de praticamente 300 km. Nessa embarcação está Elíkya, que significa *esperança* no idioma Lingala. Ela é uma sorridente comerciante de tecidos que faz viagens regulares ao porto de Kigoma, e na aparência, dá quase a certeza de ser uma experiente contrabandista, a quem nada parece abalar; transporta grandes fardos de têxteis para vestuário feminino, importados do Oriente longínquo por meio dos portos de Dar es Salaam, Malindi e Mombaça.

Outra passageira de fora é Grehte, a norueguesa corajosa e grandalhona, de pouca conversa, sempre reservada e tomando notas de tudo. Ela está viajando sozinha por superfície do Cairo à Cidade do Cabo.

Agora atracam no porto de Moba e comem uma *matoka*, o almoço composto de um único peixe e uma única banana que mede da ponta dos dedos da mão até o cotovelo de uma pessoa. Ali permanecem por alguns dias e passeiam no lago Tanganica com alguns pescadores *tangas* antes de retomarem para as estradas em ônibus e vans rumo ao sul.

Estradas de Moba para Lubumbashi

A partir do porto de Moba sobem de ônibus pelos altiplanos de Marungu pela rodovia nacional N34 até Mwandapole; de lá seguem para o sul pela N5 passando por Kasimba, Tumbwe e daí pelas espinhas montanhosas até Shiebele e Kisabi, onde as terras planas se iniciam até Pweto.

Neste trajeto de ônibus, Zaina e Caíque ficam conhecidos de outros passageiros e numa dessas paradas para a refeição algumas mães bem tradicionais e mais velhas dançam para eles e abençoam Zaina com galinhos verdes sobre as pernas e sobre o ventre para que ela tenha muitos filhinhos do seu casamento com Caíque. Dizem que uma mãe grávida precisa de boa circulação sanguínea e pernas bem fortes para carregar o feto e depois a criança nas costas. Zaina aceita tudo e, assim como em qualquer lugar, mães e futuras mães se entendem, não importa a cultura nem o grau de escolaridade e de renda.

Caíque e Zaina fazem uma parada de uns dias em Pweto e passeiam com os pescadores no lago Mweru. É nas margens do Mweru em Pweto e Kilwa que há maior aglomeração humana. Esse lago tem 96 km de comprimento, a metade disso em largura, e, na sua parte mais profunda, chega a quase 40m; é abastecido pelas águas do rio Luapula e pelo rio Kalungwishi com suas inúmeras cachoeiras (Lumangwe, Kabweluma, Kundabwika, Mumbuluma). As águas do lago Mweru escorrem para o rio Luvua que, por sua vez, em Ankoro a 350km mais abaixo, se torna o rio Lualaba. A partir das cachoeiras Boyoma o rio Lualaba se torna o rio Congo com esse nome.

As paradas e as trocas de ônibus sempre são favoráveis para uma agradável alimentação e até fazer visita de uns dias no local. Na "bagunça funcional", nas áreas urbanas e vilas do Congo o mercado e o terminal rodoviário sempre estão juntos em gritaria barulhenta de Bolsa de Valores e ânimo semelhante aos arremates de atum no mercado Tsukiji de peixes em Tóquio.

Agora, pela rodovia nacional N5 em direção a Lubumbashi Zaina e Caíque vão costeando o lado ocidental do lago Mweru pela rodovia Pweto-Lubumbashi, passando por Liuba e Lukonzolwa e fazem uma parada de um dia em Kilwa. Depois, continuam pelas terras planas escapando a cadeia montanhosa ao lado ocidental e passado por Kankumbwa. Em Mukobe, que tem um centro de saúde mais ao sul, o motorista desvia um pouco a pedido de Malaika, uma passageira e enfermeira cujo nome significa *anjo* no idioma suaíli, para apanhar umas caixas de cloroquina, para levar para o Hospital Central de Lubumbashi, para o período das chuvas, quando a malária andará por aí. Daí seguem passando por Kabiashia, Kasomeno, Bwalia, Minga.

O cavalo, o boi, o burro e a mula não chegam a ser utilizados para transporte e agricultura nesta região e nem mais ao norte, pois nos tempos idos não resistiam a doença Tse Tse, a mosca do sono. Nos dias de hoje a moto, a *kinga* (bicicleta), a *chukudu* (lambreta artesanal de madeira) e as pequenas vans são verdadeiros substitutos desses animais para transporte; já para a agricultura se tem somente a enxada para agricultura familiar ou fazendas comerciais com maquinários, enquanto o arado de tração animal e a plantadeira à mão tipo matraca não são realidades por aqui.

Zaina e Caíque desembarcam em Mukuta para visitar o Parque Nacional Kiziba-Baluba e três dias depois tomam uma van em Musonge para Lubumbashi passando por Mwangalala, Kisangwe e Etoile du Congo.

No último ônibus do trajeto deles para Lubumbashi, um dos passageiros é Ayabu, que significa *paciência e perseverança* no idioma Suaíli. Ele diz ser colaborador de um padre da igreja católica apostólica romana da região no contrabando de vestuário usado, que chega ao Congo como doação da Alemanha, Canadá e Holanda. Talvez para justificar o seu ganha-pão conta que alguns oficiais do governo desviam as melhores peças para as suas próprias famílias, enquanto distribuem corretamente 1/3 e vendem os outros 50% para intermediários e "empreendedores" como ele e o padre que "exportam" por caminhos tortuosos para a Angola, República Centro Africana, Tanzânia e Zâmbia. Entrando na conversa, a passageira e enfermeira Malaika relata que é comum a venda de medicamentos e preservativos que são doados pela União Europeia. Alguns vestuários e medicamentos que têm essa procedência acabam sendo levados pela *kinga* ou pela *chukudu* e vendidos nas vilas. Ela também diz que no Congo e em algumas partes da África fazer carreira na igreja é um caminho conveniente para padres e freiras obterem um bom padrão de vida e ainda ajudarem os seus familiares e parentes.

Confortavelmente reclinados no banco do ônibus e sempre de mãos dadas, e sem querer ser os juízes do mundo e nem repetir confabulações existencialistas, Zaina e Caíque cochicham entre eles sobre como as migalhas que os países prósperos doam acabam por alimentar a "economia" do Congo e de alguns lugares da África; no final, no último elo da corrente alguém se beneficia, então o produto atinge o seu objetivo que é a satisfação do consumidor dentro de uma das leis mais básicas da economia de mercado. Em alegoria, para a corrente da bicicleta ser corrente é preciso o último elo, senão não é corrente; da mesma forma para a motor serra que corta os mognos e outras espécies das florestas do Congo, que então descem o rio em toras para exportação. Assim, é preciso ter todos os elos da corrente do "equilíbrio de mercado".

Para quem adquire e paga pelo produto em qualquer lugar no Congo, também não vai interessar a procedência, os caminhos tortuosos, que podem ser legais ou ilegais e as tramoias para esse produto chegar à sua mesa e à sua casa. No caminho inverso também não interessa a alguém em

Berlim, Boston, Bruxelas, Istambul, Joanesburgo, Londres, Malibu, Milão, Moscou, Pequim, Rio de Janeiro, Roma, Tel Aviv e nem Tóquio qual é a procedência e nem os caminhos para um produto ou matéria-prima chegar às suas mãos; o que interessa é poder utilizar descontraidamente o celular e o computador com matéria-prima do Congo e para poder comprar o diamante, a esmeralda e o ouro para enfeitar o seu corpo ou comprar a afeição de alguém. Aqui também uma lei básica do comportamento do consumidor na economia do mercado, do comércio exterior e do mundo globalizado. Tampouco vai interessar ao operador de ativos em minérios e metais da Bolsa de Valores de Zurique o que possa estar relacionado no país de origem quando se trata da extração, exportação, do regime político, da economia e da sociedade de lá. A felicidade de alguns não se preocupa com o sofrimento de outros; a utopia realizada, não se preocupa com a distopia imposta em outros lugares. Contudo, a democracia política, a prosperidade econômica e a partilha seriam melhores para a felicidade humana.

A felicidade final do consumidor nas cidades, vilas, florestas, margens dos rios e pântanos do Congo ou de consumidores mais prósperos de países estáveis não está interessada na felicidade gerada ou sofrimento causado a outros desde o início à intermediação do processo até o produto chegar a sua mão e a sua mesa, ao seu guarda-roupa. Só lhe interessa que a carteira no bolso e a conta bancária tenham fundos suficientes para consumir.

A tabela dos elementos químicos, presente na geografia física do Congo, no seu solo e subsolo se transforma em economia nacional, em comércio internacional, em relações internacionais, em geopolítica, em política e em história. E a história é tão cheia de brutalidade que os afluentes do rio Congo quase se transformam em artérias de sangue.

Por isso que alguns humanos no planeta Terra vivem a felicidade e outros vivem o sofrimento. Isso acontece em cada *agora* e em cada metro quadrado, em cada dia em que o sol brilha sobre cada cabeça humana, enquanto peixes nadam no rio Congo e nas águas azuis do lago Tanganica que ao pôr do sol se parecem um grande lago de vinho tinto.

Ishtar e a lua nas suas distâncias e friezas presenciam tudo no seu silêncio; o sol, bem mais distante, também presencia, mas pelo menos ilumina e aquece tanto quem vive a felicidade tanto quem vive o sofrimento.

Trem de Lubumbashi para Ilebo

Lubumbashi tem importância geopolítica como elo por estradas dentro do próprio Congo e com a Zâmbia e daí por rodovias e ferrovia como a TAZARA para o porto de Dar es Salaam. Também está na logística com o lago Tanganica e com os portos do Índico e do Atlântico por onde muita coisa entra e muita coisa sai.

O rio Lualaba começa nas imediações de Lubumbashi e forma o grande Congo a partir das Quedas de Boyoma, perto de Kisangani. Os principais afluentes do Lualaba são os rios Elila, Lowa, Luama, Lububi, Lufira, Lukuga, Luvua e Ulindi. Por aqui há muito garimpo fluvial manual, onde um punhadinho de ouro encontrado dá um gostinho temporário e ilusório de utopia.

SHABUNDA

Corpos sem camisa
mãos sem luvas
o rio Ulindi desliza
de fontes e chuvas

busca da esmeralda
na distopia do Congo
tantos dias sem nada
o sofrimento é longo

o sangue encharca
o suor ensopa
ilusões na barca
o cansaço esgota

rio de ouro, sem dono
sem sossego, nem sono

A ferrovia entre Lubumbashi e Ilebo foi construída em 1906 para transportar minérios de Katanga para o porto de Matadi. Deve ser uma das viagens de trem mais impossíveis do mundo. Tem aproximadamente 1500km de distância e quando tudo vai bem, o trajeto pode ser feito em quatro dias. Em Ilebo os rios Kasai e Sankuru se encontram e a logística ferroviária está integrada.

O embarque no trem dá a impressão de que essa é a última viagem de todos os tempos num empurra-empurra, acotoveladas e gritaria única. Mães sobem com a criança amarrada às costas e não faltam esmagadas e choro desesperado. Pessoas entram até pelas janelas para garantir um banco antes dos outros e onde cabe um, sentam-se três ou quatro. Já dentro do trem, a disputa de bancos é sem regras e sem nenhuma elegância e quem não consegue, senta-se sobre malas, sacos e caixas ou no chão mesmo.

Praticamente levam de tudo no trem: desde animais pequenos vivos, galinhas, galos, cadeiras, colchões, panelas, *makambo* (coisas) e muitos sacos com roupa e alimentos lá dentro. Camisas, calças, saiais, blusas, cobertores e calçados estão pendurados em todos os lugares dos vagões como paredes, janelas e teto que já estão cheios de pregos de propósito para isso. Como um crocodilo de ferro a se contorcer nas distâncias do Congo, com seus vagões de pessoas e cargas, o trem avança vagarosamente nos intermináveis trechos vazios carregando tudo o que se pode pensar e parando de estação em estação e mesmo por solicitação de qualquer passageiro.

O trem oferece oportunidade de renda para vendedores ambulantes no trem e aqueles com barraquinhas nas paradas, principalmente a venda de roupa, alimentos e utensílios para a cozinha e a casa. Assim como o barco e a balsa, é um mercado ambulante.

Partindo de Lubumbashi, o trem passa por Likasi, Tenke, Lubudi, Bukama, Kamina, Kaniama, Luputa, Mwene-Ditu, Kananga, Mweka e chega a Ilebo. Há outras paradas em lugares menores. Na verdade, o trem para em todos os lugares, é só solicitar. Às vezes, é para vender itens e comprar alimentos em uma vila, coletar água em uma bica e até tomar banho em algum córrego; outras vezes é para as pessoas se aliviarem na mata sendo que normalmente muitas pessoas jogam saquinhos com seus dejetos nos trilhos enquanto o trem está em movimento, porque a porta do banheiro está bloqueada com uma pilha de malas na sua frente.

O tempo não importa, somente a chegada; e nem a chegada importa, mas o objetivo da viagem. Mães cantam para passar o tempo, geralmente cânticos tradicionais e de igrejas; as crianças dormem, mais de fome do que de cansaço; outras pessoas se mostram pensativas em busca de resposta onde foi que erraram. Umas sentadas ao colo de outras, de vez em quando se revezam quando as pernas começam a doer pela posição desconfortável contínua.

Muito embora o ritmo do trem possa ser lento e a viagem penosa, ele é um grande facilitador das vidas humanas e um sinal de progresso. Para muitas pessoas isoladas o barulho da máquina e o ranger dos trilhos são um conforto. Às vezes, é o medicamento que chega e sempre é o transporte de um doente na família para algum ponto de atendimento. Na mente de muitos o trem é a esperança para o fim do sofrimento e da chegada da felicidade. Remonta muito o trem adentrando as áreas desocupadas do Brasil a partir do final do século 19. A grande máquina de ferro rasgando o silêncio das florestas e das paisagens e fazendo a ligação entre cidades e entre vilas, bem como entre as pessoas e criando um fluxo de oferta e demanda em um comércio ainda não muito estabelecido. Assim, o trem é parte vital da economia do Congo.

Além de árvores típicas, as margens dos trilhos têm incontáveis touceiras de bambu, enormes e com gomos em grande diâmetro, como aqueles que serviam nas áreas rurais até 70 atrás no Brasil para os imigrantes baterem a manteiga ou guardar carne de porco frita com banha ou guardar farinha na despensa e no porão da casa.

Para o maquinista aquilo que poderia ser uma sina, se transforma numa missão, mesmo que só ele saiba. Fica a ele o consolo de ser visto como uma figura paterna, alguém que compreende as trapaças e os jeitinhos dos passageiros, quase um psicólogo que entende, perdoa e no final ainda ajuda. O único que ajuda as pessoas a viajarem entre lugares, visitar um parente, levar uma compra, levar algo para vender, buscar medicamentos, levar um familiar para atendimento, consultar o médico e farmacêutico, extrair um dente, tirar o gesso de uma fratura, amputar um dedo em gangrena. Na desgraça sem limites, no coração das florestas e áreas descampadas a perder de vista, o maquinista do trem é o único promotor de um "Estado de bem-estar social" que já é parte na realidade paradisíaca em países desenvolvidos, da utopia realizada, mas ausente na distopia do Congo e na sua verdadeira distanásia econômica, política e social.

Numa paciência que não se acredita existir, o maquinista não tem por onde caminhar dentro do próprio trem quando vai fazer uma inspeção, mas nunca se vê reclamando. Ele é como uma figura paterna que cuida de todos ante o respeito silencioso que todos guardam por ele em seus corações. Isso as vezes compensa pelo salário baixo, o pagamento mensal atrasado, cansaço, desconforto e medo de alguma surpresa desagradável com as máquinas do trem ou com os trilhos. Além disso, gorjetas e alimentos são frequentemente doados a ele pelos passageiros.

Um desafio, no entanto, foge ao controle do maquinista: nas inúmeras paradas é impossível controlar a quantidade de pessoas que embarcam. Muitas pessoas entram pelas janelas do trem e se infiltram sem passagem, imigrantes clandestinos pegam carona e nos vagões de carga sempre há caroneiros e viajantes clandestinos. Os mais confiantes já se instalam sobre o teto onde procuram algo para se agarrarem e se deitarem para não cair; mesmo com o trem em movimento há pessoas correndo sobre o teto. E não vale a pena arrumar encrenca com quem se acomoda no teto. Em pontes e túneis é preciso que esses parasitas abaixem a cabeça e dormir aí nem pensar.

Nesse trajeto, entre Bukama e Kamina, ocorre uma tragédia inevitável quando um homem de 28 anos de idade leva uma chicotada de um galho de árvore e tem a sua cabeça literalmente decepada e cai do trem já sem vida; dois passageiros correm sobre o teto do trem e batem na cobertura da cabine para avisar ao maquinista que para o trem de imediato; o corpo, ainda quente e mole, é ajuntado e envolto em um cobertor e levado na viagem para lhe dar um sepultamento com dignidade na parada da próxima cidadezinha; anos mais tarde os seus ossos podem ser transportados para a proximidade da família dele. Não faltam os que especulam sobre os motivos da morte dele; por aqui a vida e a morte sempre têm que ter um significado meio místico e ligado aos ancestrais.

Nascimentos também sempre devem ter um sentido e nomes significativos. Um passageiro relata que assim como nos barcos e balsas, se ocorrer um nascimento, rapidamente os passageiros já sugerem o nome mais apropriado para a criança. No andar do trem discussões filosóficas também ocorrem sendo o assunto mais discutido a ideia de que é preciso explorar mais minerais e colocar no trem para Matadi e exportar para o país crescer economicamente. Cada congolês parece ter a melhor solução para cada desafio do seu país e no final do dia quem é de fora percebe que todos pensam igual e falam a mesma coisa.

De repente, como um coração cansado, o trem para. Não está muito longe de Mwene-Dittu. São 3h17min da manhã e, no meio do nada, a máquina do trem e seus rangidos aos trilhos silenciam; num lugar onde poucos humanos já pisaram na face da Terra agora se ouve o coaxar dos sapos e rãs, o canto de alguns pássaros noturnos e outros já prenunciando a aurora. De vez em quando se ouve o mugido solitário e desorientado das vacas que estão nos vagões de carga bem lá atrás.

Pode até ser que desta vez os próprios comerciantes tenham sabotado a máquina do trem ou uma peça-chave ou o sistema de freios para parar o trem e venderem mais dos produtos que levam para os povoados e cidades próximas da parada, a partir de onde jovens com suas *kingas* fazem a entrega a comerciantes e famílias. Como em ottros casos, é possível que sabotadores estejam infiltrados no meio dos passageiros para criar oportunidade para serviços de manutenção aos seus comparsas já posicionados em locais estratégicos combinados e com as peças de reposição certas. Na parada longa do trem, os passageiros compram comida um do outro como também das mães da vila que a vendem bem quentinha; comerciantes do trem também trocam itens por comida e água. Como governantes em países desenvolvidos que se aproveitam da renda advinda de iniciativas privadas de trabalho e de negócios para cobrar tributos, assim sabotadores forçam um fluxo de renda e até o maquinista a compartilhar a entrar no jogo para o trem voltar aos trilhos.

E o trem "doente" fica esperando, como alguém no Brasil esperando por uma cirurgia na fila do SUS. Com isso os comerciantes do trem acabam vendendo boa parte da mercadoria, uma vez que a população local vem comprar deles todos os dias. Tanto melhor assim para eles, que não se preocupam mais em ter que carregar nem vigiar as cargas, mas apenas levar o dinheiro quente no bolso. Um sistema econômico algumas vezes é semelhante à natureza: a morte de um animal é sempre a oportunidade para o urubu! O trem fica parado por três dias e finalmente segue; já há casos em que fica parado até por semanas, aguardando peças de reposição virem da África do Sul.

O maquinista sabe de tudo e talvez até mesmo quem foi pois regularmente há fisionomias conhecidas no trajeto, mas administra tudo com naturalidade e grandeza; senão teria mais um custo: a sua saúde psíquica. Sabe também que esse é um custo variável e de manutenção previsível, que ele coloca na taxa de depreciação anual. Sem precisar falar que o coração do maquinista sempre está na mão e a sua vida e a dos passageiros por um fio; por vezes o movimento da terra entortou os trilhos ou há grama por cima e nem se tem certeza se há trilhos ali ou não. É preciso ir devagar, é preciso parar e observar. Dispensa-se a pressa e a imprudência. É o ritmo do Congo e da sobrevivência, em cada *agora*.

O trem, assim como o caminhão, a *chukudu* (lambreta artesanal de madeira), a *kinga* (bicicleta), a moto, o ônibus, o veículo são parte da epopeia para as pessoas que viajam, levam parentes ao hospital, transportam mercadorias, vendem alimentos, matéria-prima, material de construção, minérios, pessoas e produtos no coração do Congo.

Caminhões, carretas e atoleiros

Na mesma proporção da epopeia do trem, aqui está uma das mais árduas tarefas da vida diária das pessoas no coração do Congo, a travessia das distâncias e das florestas por estradas. Em muitas estradas as pessoas têm que se contentar com 100km por dia. Aí se inclui o dilema da falta de combustível, às vezes de peças ou pneu e da falta de lugares apropriados para se alimentar e pernoitar. Isaac Newton se faz presente todos os dias nas entranhas do Congo: uma vez estabelecida a direção se manipula a velocidade e a aceleração. E é preciso seguir em frente, sempre, em cada *agora*.

Cada caminhão que passa ao lado do trem em estrada paralela à ferrovia ou avistado à distância não é muito diferente do trem em seus desafios. O caminhão é quase sempre excessivamente carregado impondo peso depreciativo sobre as molas e o chassi; também está sempre cheio de gente em cima da carga, geralmente deitada, pois não há nada para se assegurar. Dar carona a pessoas é conveniente para o motorista na hora do atoleiro quando uns buscam galhos e troncos de árvores para colocar embaixo do pneu, outros cavam o chão, outros descarregam e recarregam parte da carga. Em certos casos, os residentes da redondeza removem de propósito alguns paus roliços ou peça da ponte de madeira para cobrar do motorista pelos "serviços de manutenção" que lhe permite a passagem. É um pedágio forçado e inevitável num jeito bem mafioso.

Nunca e em lugar nenhum se vê tanta fidelidade de um caminhão e de uma carreta com o seu propósito e com o seu motorista. E, numa sincronia perfeita, motoristas exímios parecem ter nos seus pés e nas suas mãos a mesma sensibilidade dos pneus em procurar o chão por onde passar. Nunca se ouve falar de capacidade ociosa aí, muitos menos de taxa de depreciação anual; alguns caminhões chegam a rodar até a 1 milhão de quilômetros de vida útil no Congo.

A Rodovia de Lubumbashi a Kinshasa é a N1 de 2300km. Nas chuvas, vira um atoleiro como nos piores atoleiros ainda existentes em partes do norte do Brasil. Tantos atoleiros tornam o trajeto um pesadelo. É nessas estradas que os veículos de tração nas quatro rodas das melhores empresas automobilísticas do mundo provam o seu valor e resiliência e onde as cordas de linho e as correntes de ferro provam a sua durabilidade. O motorista deve ser obcecado e obstinado e nada menos do que isso em cada *agora* e em cada metro quadrado do asfalto, areia, atalho, atoleiro, buraco, caminho, cascalho, desvio, estrada de chão, linha, rota, rodovia e trilha. Um herói para si mesmo, sem ninguém para admirá-lo logo aí ao seu lado. Como canta Milton Nascimento "mas é preciso ter força, é preciso ter raça, é preciso ter gana sempre".

A maioria dos veículos têm tração nas quatro rodas, pois outros aí não se metem. Anda por estradas estreitas, trilhas e até pântanos causados pelas alagações das chuvas; se atravessa na lama e nos buracos, e até fica encalhado, mas sempre há maestria suficiente para a passagem. Motoristas e passageiros estabelecem uma parceria natural com outros a quem nunca haviam se encontrado antes e com quem jamais se encontrarão outra vez.

Estradas podem ter buracos e atoleiros que foram formados na última estação da chuva com declive com mais de 45 graus sendo comum ver o veículo imbicar perigosamente aí. Roupa e calçados estão sempre sujos e lamacentos, assim como cordas e cabos de aço para tração. A vida é quase impossível quando é preciso empurrar um veículo quando Já não se tem mais forças devido ao cansaço e a fome, mesmo assim é preciso encontrar força. Quando se empurra um veículo por vezes é preciso ajudar com a força da mente junto aos braços e pernas. Na escuridão da noite por vezes é preciso desencalhar e seguir, não fossem bandos armados para roubar tudo. A alegria do desencalhe supera tudo, como na dor do parto da mãe africana, esposa do motorista; e quando há um cigarro para comemorar, então é a felicidade do próprio paraíso, quase uns minutos na utopia.

Kinga e Chukudu

Os ouvidos atentos e olhos bem abertos de Zaina e Caíque ouvem o relato de Mokonzi, cujo nome no idioma Lingala significa *chefe*, parceiro de vagão e que é um maestro de coral para funerais em sua vida privada. Trata-se da epopeia das duas maiores parceiras da sobrevivência diária no Congo: a *kinga* e a *chukudu*. *Kinga* é o nome que se dá para a bicicleta e ao sul também a chamam de *chinga* ou *inchinga* e colocam até 300kg de mercadorias sobre ela para transporte; a *chukudu*, palavra originária de *scooter* em inglês, é uma espécie de lambreta feita de pau e carrega bem mais peso do que a *kinga*. O guidão geralmente é feito de galho de árvore, a base de tábuas, as rodas são de madeira e tem até freio de pé. Um único indivíduo consegue manobrá-la e em alguns casos até embarcar nas descidas quando podem chegar até a 30km por hora.

Mesmo não podendo ser embarcadas pelo operador, dado ao peso e falta de lugar ocupado pela carga que levam, esses meios de transporte não encontram maior valor do que nestas partes da Terra. Em áreas remotas, comerciantes ambulantes viajam longas distâncias para vender nas vilas: alimentos, bebida alcoólica, borracha escolar, cadernos, canetas, cigarros, conchas, colheres, comprimidos farmacológicos, facas, farinha de milho, frigideiras, fronhas, garfos, imagens de santos, isqueiro, lamparinas, lápis, lápis de cor, lençóis, *mafuta* (óleo), mandioca, material de limpeza, objetos de limpeza, óleo de palma, palito de fósforo, panelas, panos de prato, perfumes, pneus e câmera de bicicleta, pomada para feridas, querosene, sabão, sabonetes, tecidos, toalhas, vaselina, velas e vestuário.

Até madeira serrada, tábua, madeira 2x4, sarrafos, casqueiros, portas, esquadrias e janelas bem como cadeiras são carregadas. No trajeto da entrega elas são empurradas e podendo ser pedaladas somente na volta quando estão vazias; na subida tem que empurrar, na descida tem que segurar firme pois a areia e o saibro a tornam mais pesadas e provocam deslizes.

Às vezes duas pessoas empurram a *kinga* ou a *chukudu* carregada enquanto uma terceira a equilibra. O combustível desses transportes são as pernas e o próprio corpo humano. Geralmente são pessoas entre os seus 15 a 30 anos, a quem não falta virilidade para a empreitada; tragicamente a expectativa de vida deles não vai longe por continuamente forçarem os músculos, os pulmões e o coração no trajeto, além da má alimentação e desconforto nas pernoites ao chão. Para esses a velhice, a distanásia, a ortotanásia e o suicídio jamais serão um desafio a ser encarado. E nenhum desses algum dia alcançará a idade da Mama Bi Kidude, do Zanzibar.

Com a *kinga* e a *chukudu* se leva o produto, que se transforma em dinheiro, que se transforma em alimento, que alimenta a bioquímica do corpo, que mantém a vida. Porém, com expectativa de vida que mal chega aos 45 anos. Em algumas vilas onde vendem mercadorias, ainda é preciso compartilhar parte dos lucros com o chefe da vila que lhes abre as portas para poderem comercializar. Esses mercadores são os que se poderia chamar de caixeiros viajantes, como aqueles nas décadas de 1950 e 1960 que saiam nas áreas rurais do Brasil com sua rural Willys, Jeep, Kombi, caminhão, fusca e motocicleta. Além de abastecer vilas, a *kinga* e a *chukudu* também abastecem pequenos comerciantes, mercados em praças e restaurantes numa mesma cidade, bem como abastecem pequenas cidades a partir de centros de atacado situados em cidade maior. Eles são azes ao guidão nas ruas, nas rodovias, nas estradas e nas trilhas sob o sol e sob a chuva.

Por vezes, os seus passos começam a ficar mais lentos e o próprio peso do corpo cansado empurra a bicicleta em dias de caminhada de até 30km; contudo, o poder da vontade é sempre maior do que a energia do corpo. Ao ranger do eixo da bicicleta e ao barulho monótono dos pneus e das rodas na areia e no saibro alguns deles quase dormem enquanto caminham e empurram a *kinga* e a *chukudu*. Paradas são necessárias a cada poucas horas para tirar as botas dos pés e descansar, tomar líquido e comer algo. Para esses humanos resilientes, uma água e um naco de comida é sempre um pedido e sempre uma oferta aceita; uma necessidade e uma solidariedade espontânea, num kibutz natural e informal no meio da África.

O alimento, a água, o saco de dormir, o mosquiteiro, o remendo de câmara, a lixa, a cola, a bomba de encher pneu, o alicate, as chaves de manutenção, arames e parafusos devem sempre ser carregadas juntos. De vez em quando, é preciso descarregar a bicicleta e reparar; o pior barulho que se pode ouvir é o vazamento de ar de um pneu da *kinga* e, felizmente, a roda da *chukudu* é de madeira.

Num país de seringueiras não existem pneus maciços para as bicicletas, que com punção constante cansa ainda mais os empurradores, quando é preciso parar frequentemente para reparar a câmara de ar; não bastasse isso, ainda tem que bombar para encher o pneu e gastar energia corporal nisso e depois recarregar a *kinga*.

O acampamento para o pernoite geralmente, é no meio da mata, não muito longe da estrada, mas fora da visibilidade. Ladrões profissionais podem tê-los avistado por aí durante o dia, então é preciso se esconder. E o dinheiro é sempre escasso para pagar um pernoite em uma casa de família; trocar uma boa noite de sono numa casa por algum utensílio que levam para a venda também sai caro demais. Então a grama alta, bananeira, bambuzal, canavial, lavoura de milho, uma boa árvore de manga e árvores gigantes com raiz do contraforte se tornam bons esconderijos para a noite. Igrejas são o local ideal, pois são ambientes secos, longe do vento, do sereno e do chuvisco e raramente estão chaveadas e quase sempre sem a porta que já foi roubada.

Antes, porém, certificam-se junto a população local sobre a existência de algum leão, hipopótamo ou rinoceronte solitário e agressivo na região. Também é preciso certificar-se se as formigas carregadeiras, em específico as comedoras de carne humana não estejam por aí. Nas suas beliscadas cada uma deixa um buraquinho na pele e na carne da pessoa e um ataque coletivo dessas durante o sono poderá ser tarde para escapar com vida pois pode desencadear infecção generalizada. Felizmente, aqui no Congo não há tantas aranhas peçonhentas ou algo como a aranha marrom ou aranha açu da América do Sul; e as que existem são inofensivas para o sono de qualquer humano dormindo na mata. Pernilongos, contudo, são sempre inconvenientes, tanto em lugares abertos quanto fechados, não apenas por transmitir malária, mas por tocar violino a noite toda ao ouvido do comerciante ambulante em busca do sono.

Para poder pernoitar na mata com solo seco, as viagens de bicicleta são mais comuns na época da seca entre abril ao final de outubro. A estação da seca castiga pelo sol, calor e poeira, mas a lama das chuvas é ainda pior; torna a *kinda* (bicicleta) ainda mais pesada, a estrada esburacada, com lama e o solo enxarcado para acampar. A determinação demandada neste transporte não é menor do que numa frente de batalha; pelos menos aqui ainda é possível tapear a morte. É imperativo superar o impossível. Todos os dias, em cada *agora*. Na falta de forças e de incentivo, se invoca *Nzambi Mpungu*, mesmo que não se acredite muito na sua existência.

Em ambiente tão inóspito, a grande aventura e a grande vitória é quando o indivíduo percorre todo o trajeto que precisa percorrer e então no final deita-se na cama ou mesmo no chão, após uma passada de água no corpo, mesmo que de caneca, e sente que venceu o impossível. Aquele conforto que o homem da *kinga* sente antes de pegar no sono, parece ser décadas de felicidade. É a mesma sensação para um barqueiro, caminhoneiro, maquinista de trem e motorista de ônibus e veículo depois de mais um dia épico carregando cargas e pessoas nos solos do Congo.

A refeição mais robusta da jornada sempre é reservada para a noite, quando se cozinha no acampamento. O mundo externo desconhece essa luta, esse sofrimento. E os comerciantes ambulantes seguem resignados, mas resilientes com suas bicicletas, pensando em silêncio sobre o sonho que já tiveram em fazer uma faculdade, ser um grande jogador de futebol, um renomado advogado, um grande artista na música. Mas, no revés da vida, só há a bicicleta para empurrar, a carga para assegurar e a mercadoria para vender. Não há como esperar utopia em ambiente de distopia.

E a lei de oferta e de demanda encontra o seu equilíbrio nesse "mercado" de tanto sacrifício, possivelmente com o preço que maximiza tanto o lucro de quem vende, quanto a satisfação de quem compra. Nesse mercado na vila, na selva e na pequena cidade, a felicidade dos consumidores está diametricamente oposta ao sofrimento dos vendedores; pode se chegar ao preço de equilíbrio entre livre oferta e livre demanda, mas não necessariamente um equilíbrio existencial entre todos os envolvidos. E, tragicamente, é bom que um morra para outros terem vida.

Quando finalmente chegam ao destino da epopeia, à sombra de uma árvore na vila ou na praça da cidade pequena já se estabelece um mercado, e não raro alguém, mesmo um desconhecido adolescente, sai voluntariamente gritando como se fosse um leilão, e assim anuncia que o caixeiro viajante chegou para todos saberem: Alimentos, bebida alcoólica, borracha escolar, cadernos, canetas, cigarros conchas, colheres, comprimidos farmacológicos, facas, farinha de milho, frigideiras, fronhas, garfos, imagem de santos, isqueiros, lamparinas, lápis, lápis colorido, lençóis, *mafuta* (óleo), mandioca, material de limpeza, objetos de limpeza, óleo, óleo de palma, palito de fósforo, panelas, panos de prato, perfumes, pneus e câmera de bicicleta, pomada para feridas, querosene, sabão, sabonetes, tecidos, toalhas, vaselina, vestuário e velas. É a economia de mercado e o equilíbrio econômico possível em algumas partes nas entranhas do Congo.

Assim como nos barcos e balsas nos rios e nos lagos onde sem o capitão, sem o piloto e sem o mecânico juntos não há Congo, também nas estradas, trilhas e trilhos não há Congo sem o caminhão, sem a carreta, sem o *chukudu*, sem a *kinga*, sem o ônibus, sem o trem, sem o veículo e sem as mães carregando a carga na cabeça e a criança nas costas.

No entender de Zaina, tudo isso é uma mistura de passado e de presente e como o foi nas senzalas nas Américas escravocratas, também aqui e agora às vezes no meio dessa epopeia diária é preciso cantar para dissipar o desespero.

E o maestro de funerais Mokonzi termina a sua narrativa dizendo que nessas regiões remotas há também um equilíbrio social e político que foge às estruturas de um Estado contemporâneo típico como o Parlamento e tribunais de justiça. Centenas de chefes tradicionais no Congo têm esse papel político e social junto à população; chefes tradicionais e reis ouvem o seu povo e resolvem problemas entre eles disputas entre vizinhos e disputas familiares, outorgam concessão de uso de terra comunal. Essa é uma autoridade natural que leva também a um equilíbrio social onde a troca de favores legitima a autoridade.

Ante a distopia econômica, política e social, as celebrações tradicionais, os cultos típicos misturados com igrejas propiciam momentos de felicidade ante o sofrimento do dia a dia. Como em outros metros quadrados do planeta, alguns precisam de guias, sejam eles chefes tradicionais, sejam líderes religiosos, sejam ídolos de futebol. Algumas companhias estrangeiras fazem parceria com chefes locais para garantir o equilíbrio social e o tráfico de influência; o chefe enriquece e distribui benesses e até dinheiro junto à população local para tratamento médico, tratamento dentário, medicamentos, pagamento de dívidas, transporte, contratação de um advogado, colocação de uma porta na casa, compra de sacos de cimento e assim estabelece a sua autoridade. O governo central não se importa porque isso pode compensar pela ausência do governo na região e dissipar oposição política ou formação de grupos criminosos ou milícias, além de trazer moeda estrangeira para o país com as exportações de minérios.

E no fim desse longo relato o maestro Mokonzi ainda compõe uma musiquinha que o vagão inteiro canta batendo palmas:

o trem
quando ele vem
com apito na partida
e buzina na chegada
a viagem é sofrida
a carga é pesada
muita coisa ele tem

Depois de quase seis meses de viagem Caíque e Zaina já percebem que quando não é o trilho do trem ou a estrada, é o mosquito; quando não é o mosquito é o combustível; quando não é o combustível é a peça de reposição; e quando não é nada disso, é o sabotador. E no ambiente macro e nacional são as disputas políticas e até ação de grupos armados, milicias criminosas e rebeldes. Difícil um momento em que não há uma pedra no meio do caminho da felicidade no Congo. Os desafios diários do caminhão, da *chukudu*, da *kinga*, da moto, do ônibus, do trem e do veículo são testemunhados em solidariedade por Caique e Zaina.

Ishtar vê tudo isso enquanto o Sol e a Lua brilham sobre cada metro quadrado do Congo. A Distopia continua bem longe da Utopia e o sofrimento não dá muitas chances à felicidade. Em cada *agora*.

Barcos de Ilebo para Kinshasa

Após a epopeia no trem que veio de Lubumbashi, Zaina e Caíque descansam uns dias em Ilebo. O *Hôtel des Palmes* que já foi famoso oferece um bom aconchego. Essa é a última pernada da lua de mel. Depois de meses em balsas, barcos, ônibus, trem, vans em viagem, o que basta é um chuveiro, uma comidinha e uma caminha por uns dias.

Ilebo tem considerável importância econômica e geopolítica e também serve como passagem de exportações de minerais, principalmente cobre. Isso se dá graças a facilidade de navegação do rio Kasai com seus afluentes e por ter um bom porto e conexão ferroviária com Lubumbashi e Kananga.

O rio Kasai (2153km) tem extensão equivalente ao rio Araguaia (2112km) e a partir da cidade de Mushie, onde faz confluência com o rio Fimi, passa a chamar-se Kwa e desemboca no rio Congo a 200km acima de Kinshasa. Mushie é a terra natal do famoso Papa Wendo que iniciou o ritmo soukous e que criou a escola do verdadeiro rumba congolês cantado pelos também famosos Franco Luambo, Kanda Bongo Man, Kofi Olomide, Malidu Sytems, Papa Wemba, Pepe Kalle, Sam Mangwana e Tabu Ley.

Tomando uma embarcação no porto de Ilebo, partem pelo rio Kasai em direção a Kinshasa no percurso de 700km que leva uma semana e meia se for direto, mas eles fazem diversas paradas. Antes de Bessa-Bendi o rio Sankuru abastece o rio Kasai e o barco segue para Lele e Kambangi onde, um pouco antes, o rio Loange tem confluência com o rio Kasai. O barco de carga e de passageiros tem cobertura de metal reforçada e conta com grades de proteção para levar a bagagem e muitos gostam de sentar-se e deitar-se lá em cima onde é mais espaçoso, apesar de balançar um pouco.

O capitão recebe o pagamento por passageiro, então como em todos os outros casos, a embarcação está acima da capacidade recomendada. Esse barco tem chuveiros, mas falta água e o caminho do convés é intransponível com excesso de bagagem e de gente pelo chão; as pessoas coletam água do rio para cozinhar, lavar a louça, lavar o rosto, escovar os dentes e até tomar banho.

O barco segue o seu balanço sem pressa e o vento leva a fumaça do motor a diesel de um lado para o outro. Todos sabem que uma hora chegam e atracam e cada qual já está com a mente no que vai fazer depois que desembarcar. Há diversas músicas sendo tocadas ao mesmo tempo nos radinhos a pilha de ondas curtas que muitos passageiros ouvem em diferentes sintonizações. Algumas pessoas discutem muito e até gritam quando alguém lhe dá uma pisoteada ou afasta as suas malas, mas nunca se vê agressão física.

Zaina e Caíque permanecem uns dias em Dibaya-Lubwe perto da confluência com o rio Lubue e depois seguem numa outra embarcação e passam por Mangai, Yuri Reynwit e Panu. Neste trajeto a maioria dos passageiros fala o idioma Tshiluba e, entre eles, a professora Luyinda, nome próprio feminino no idioma Quicongo; ela facilita a pronúncia do nome deles para os outros passageiros renomeando Caique de *Kabudi* e Zaina de *Nzadi*; Luyinda também brinca que o casal em lua de mel poderia ser chamado de Tshilongo e Tshilobu (flor e corajoso) ou mesmo de Ngondu e Ngweji (lua e poderoso) e todos se divertem rindo muito. Zaina tem o domínio dos idiomas Árabe, Francês, Hebraico e Inglês, enquanto Caíque domina o Português e o Inglês e pobremente o Francês, mas está mais acostumado com o jeito africano. E já se forma uma rodinha de curiosos querendo saber como se fala *bom dia*, *como vai*, *eu te amo* em cada idioma desses. Luyinda é carismática e comanda a festa!

Smutz, outro viajante no barco, é um belga acima dos 50 anos e um tanto rebelde com o mundo Europeu que faz questão de repetir que o seu povo cometeu muitos crimes contra o Congo; fuma cachimbo e cheira rapé, para curiosidade dos congoleses. Conta que esteve viajando recentemente pela América Central e que adora comer abacaxis e prefere seduzir menininhas novas, deixando no ar leves suspeitas bem claras de ser um predador sexual.

Em Bandundu, os rios Kwilo e Kwango se juntam para confluir com o Kasai. Zaina e Caíque desembarcam em

Mushie onde o rio Fimi faz confluência com o rio Kasai; dois dias depois seguem em frente noutro barco passando por Masia, Mokele e Libonje Djoko.

Ao viajar pelo Congo e testemunhar a verdadeira distopia é inevitável a discussão de muitos dilemas do país, da África e da própria humanidade, entre eles entra o dilema da migração. Nessa embarcação há dois congoleses, Lumingu e Yoakima, que foram repatriados do Brasil para o Congo cinco anos atrás escoltados por um técnico de imigração e dois policiais federais do Brasil.

Lumingu, *Domingo* nos idiomas Quicongo e Tshiluba, fala um pouco de Português pois nasceu em Kapita Suka na divisa entre a República Democrática do Congo e a Angola. Conta que enquanto eles tentaram migrar para o Brasil, um conhecido deles havia tentado a Europa e ao cruzar o Saara a pé deve ter perecido no deserto pois nunca mais ouviram falar dele. Eles haviam trabalhado juntos numa mina de extração de cobre na região norte próximo da República Centro Africana.

Yoakima, *Joaquim* no idioma Lingala, conta que a sua irmã contrabandeava esmeraldas para um libanês entre a fronteira do Congo com a Zâmbia e era sistematicamente extorquida por soldados da fronteira; depois acaba por ser assassinada pelos comparsas do seu "amante" libanês, acusada de ter passado umas pedrinhas de esmeralda para outro homem em sua vida.

Os olhos de Zaina e Caíque se enchem de lágrimas ao ouvirem os relatos de Lumingu e Yoakima que só queriam escapar da distopia econômica, política e social do Congo. Para tanto cinco anos atrás se aventuram às más condições de um navio de carga na travessia do Atlântico a partir do porto de Boma; com a insuficiente provisão inevitavelmente emergem do esconderijo em busca de alimentos e água durante o trajeto e são descobertos pela tripulação. Muito embora bem tratados pela tripulação, são presos de imediato assim que o navio atraca em Vitória no Espírito Santo, Brasil; lá recebem hospedagem, alimentos e roupa das autoridades brasileiras e depois de um mês são repatriados para o Congo sob a escolta onerosa por via área até Kinshasa por um técnico brasileiro de imigração e de dois policiais federais brasileiros.

Caíque pondera com Zaina e com os congoleses no barco que acompanham essa história de que seria mais inteligente e mais humano o governo federal brasileiro dar uma vaga numa universidade federal do Brasil ou bolsa de estudos para esses dois e outros imigrantes ilegais. No lugar de repatriar imigrantes ilegais para qualquer país de origem na África com gastos em média de R$ 50.000,00 em cada caso. Se o governo brasileiro fosse doar R$ 1.000,00 por mês para cada um desses imigrantes durante a faculdade, ainda assim custaria menos do que repatriar. Ainda traria um efeito multiplicador econômico para o Brasil, pois essas pessoas serviriam à sociedade como profissionais, pagariam seus tributos e efetuariam gastos com a sua renda alimentando a economia brasileira. Uma vez graduados, o Brasil dar-lhes-ia a nacionalidade brasileira.

Em Kwamouth, a embarcação entra no majestoso rio Congo e segue rio abaixo para Kinshasa. Após seis meses de lua mel numa viagem em sentido horário no mapa do Congo, juntando-se aos congoleses na sua vida diária nas águas, nas estradas e nos trilhos do trem Zaina e Caíque chegam de volta a Kinshasa. A lua de mel está completa e a felicidade deles compartilhada com o sofrimento e a felicidade dos congoleses. Reciprocamente, também recebem muito compartilhamento de felicidade e lições de vida por parte dos congoleses em cada lugar por onde passam.

Deitados numa cama confortável, na primeira noite de volta a Kinshasa eles até esquecem de dormir e ficam acordados revisando a epopeia até a hora do brilho do sol entrar pela janela aberta no clarear do dia e bater sobre o mosquiteiro da cama deles. Daí tomam o café da manhã mais gostoso de toda a história da Humanidade.

Parte III

O BRILHO DE ISHTAR SOBRE SUAS VIDAS

Jasmim, a fragrância do afeto

Depois da lua de mel no Congo, Caíque e Zaina passam um mês na casa dos pais dela em Haifa onde por diversas manhãs passeiam nos Jardins Baha'i e ajudam a coletar pétalas e folhas caídas e as devolvem para a natureza num buraco preparado para elas; daí se mudam para Florianópolis e ela faz o doutorado em Medicina na Universidade Federal de Santa Catarina. E nesse período Jasmim é concebida e seu nome é escolhido com base em tantos momentos profundos que o casal experiencia entre eles. As pétalas de rosas que, na imaginação fantasiosa deles exalavam perfume na madrugada, na residência estudantil Broshim, em Tel Aviv, mas que exalavam de fato naquele domingo à tarde de inverno e céu azul no Jardim de Rosas da Rainha Maria no Regent's Park de Londres quando ela declarou o seu amor, se fazem presentes uma vez mais nas suas vidas neste *agora* da concepção de Jasmim.

Numa das tantas noites amorosas em que lembram da epopeia no Congo, é concebida Jasmim, aqui retratada como a fragrância do afeto entre Zaina e Caíque. Nessa madrugada escura e de relâmpagos o mar em Florianópolis está mais revolto que de costume; os ventos fortes uivam entre os galhos dos pés de manga, laranja, goiaba e mamão do enorme jardim da casa deles onde as gralhas azuis e meia dúzia de pássaros vêm se alimentar durante o dia. Como em Haifa, a residência no Morro das Pedras fica no alto e com vistas para o mar.

Eles estão bem confortáveis entre seus lençóis de algodão egípcio e o óvulo que a natureza deixa bem madurinho é fecundado com muito amor e afeição. Ishtar que brilha nesta noite nos céus de Florianópolis e sobre as lagoas do Peri, da Conceição e Pequena é a mesma que brilha sobre todas as grandes civilizações da antiguidade e em cada período da história da humanidade. Ishtar brilha nos céus e sobre os telhados de ricos e pobres em todas as casas, apartamentos, acampamentos de refugiados e favelas na Terra enquanto os humanos dormem, depois de um dia de felicidade ou de sofrimento, protegidos ou desprotegidos e encolhidos como fetos indefesos.

Esse *agora* muito especial é também cantado pelos sons noturnos das florestas equatoriais do Congo como imitados pelo ma'kôba, o ma'kumba, o reco-reco de bambu e ouvidos nas margens dos rios, nas escarpas dos vulcões, no lago Kivu, no lago Mai-Ndombe, no lago Mweru, no lago Tanganica e no lago Tumba, nas ferrovias e estradas quietas por onde passaram Zaina e Caíque na sua épica e feliz lua de mel. Neste exato *agora* Ishtar oferece à história humana a presença de Jasmim.

O brilho frio de Ishtar e da lua se juntam ao calor da concepção de Jasmim. Agora já são três nesse lar que começou com dois numa madrugada em Tel Aviv; Zaina, Caíque e Jasmim compartilham felicidade em meio a um mundo de sofrimentos em todas as formas e graus.

A partir desse instante Jasmim é uma flor humana que acompanha seus pais no Brasil e no Congo. No curso de sua vida, em cada *agora* o vento balança as pétalas e folhas de outras flores nos Jardins de Baha'i em Haifa e no Jardim de Rosas da Rainha Maria em Londres, visitados anualmente em encanto por milhares de humanos de cada canto do planeta Terra.

Jasmim vem se juntar ao espetáculo da natureza que já existe em cada metro quadrado da Terra, em específico no Congo da lua de mel e do trabalho no futuro breve de seus pais. Enquanto ela cresce os vulcões Nyamuragira e Nyiragongo continuam ativos e daí por milhões de anos; os rios Congo, Nilo e Zambeze seguem pacientemente os seus cursos nos fluxos de água que formam um grande Y invertido sobre a África a partir dos Grandes Lagos para alimentarem respectivamente o Atlântico, o Mediterrâneo e o Índico.

Antes de Jasmim, durante Jasmim e após Jasmim a girafa continua nas suas caminhadas elegantes quase em câmara lenta, o ocapi na sua crise de identidade entre ser girafa ou zebra, o hipopótamo a esgarçar a boca grande, o elefante no seu sentido de pertença à manada, a garça branca a pegar carona nas touceiras de grama de jacinto da água deslizando rio Congo abaixo, a píton e a mamba-negra no seu rastejar pelo solo, o rinoceronte branco com sua cara jurássica a escapar da extinção, o crocodilo nos giros da morte contra suas presas, o leão nas suas dormidas de 20 horas e por dia, o gorila despreocupado nas florestas de Virunga; o bonobo continua quase humano, as espécies aquáticas a nadar graciosamente; as pequenas e grandes embarcações a balançar nas ondas de todas as águas no Congo e o congolês a compor lindas músicas.

Os minerais do Congo continuam lá por outros milhões de anos, assim como as grandes árvores das florestas. As mais de 700 espécies de vidas dentro das águas dos seus rios e lagos continuam a nadar levemente e a se reproduzirem, alheios ao mundo para fora do nível das águas e sem saber da felicidade ou sofrimento diário dos humanos nem das tragédias humanas do Congo, nem da distanásia na velhice e na doença terminal, nem do suicídio solitário em qualquer país, nem da distopia econômica, política e social nos solos do próprio Congo.

Ishtar, a Lua e o Sol que testemunham cada *agora*, cada dia e cada noite do planeta Terra e sabem que alguns humanos não respeitam outros humanos e nem mesmo outras espécies de vida e matéria, todas essas muito preciosas aos olhos de *Nzambi Mpungu*. Mas Jasmim, Zaina e Caíque são de bom coração, como os congoleses.

Jasmim, nascida em 2030, acompanha os pais na infância em Florianópolis até 2037 e depois em diante no Congo. Mais tarde, entre os 18 aos 22 anos, mora com os avôs maternos em Haifa enquanto segue o curso de graduação e mestrado em Matemática no Technion, o Instituto de Tecnologia de Israel. Em segredo sonha algum dia trabalhar no CERN. Entre os 23 aos 26 anos segue o doutorado na Universidade Santo André na Escócia, a mesma onde William, o atual príncipe de Gales e Catherine, a atual princesa de Gales, se encontraram enquanto ele era estudante de Geografia e ela era estudante de História da Arte.

Zaina, a cardiologista de crianças

Para descansar da epopeia da lua de mel no Congo, Zaina e Caíque passam um mês na casa dos pais dela em Haifa e daí se mudam para o Morro das Pedras em Florianópolis, Brasil, depois do ano novo de 2028. Quatro anos mais tarde, Zaina conclui o doutorado em Medicina na UFSC e de 2032 a 2036 trabalha para o Sistema Único de Saúde (SUS) no Centro de Saúde Monte Cristo em Florianópolis.

Especializada em cardiologia infantil, ela se realiza muito no trabalho entre os mais vulneráveis. A pequena Jasmim passa a fazer parte da família e os três se abrem para o mundo. Contratada por Mashav, a agência para ajuda internacional do governo de Israel, ela trabalha como médica no Congo entre 2037 e 2053 em um hospital em Lodja, na província de Sankuru, terra natal de Patrice Lumumba e bem no miolo do país. O aeroporto de Lusambo na proximidade facilita a vida deles quando precisam viajar. Juntando-se a maravilhosa e comprometida equipe de médicos congoleses, Zaina dedica-se à cardiologia infantil. Israel prioriza a ajuda externa para países em desenvolvimento com soluções sobre a água, geralmente irrigação para a produção de alimentos; também ajuda nos desafios de saúde cardíaca infantil e materna e agora no coração da África provê equipamentos mais atualizados e regularmente envia medicamentos. Embora casada com um brasileiro e sendo etnicamente palestina, Zaina mantém a sua nacionalidade israelense e Mashav paga o salário dela no Congo.

Eles residem no Congo por 17 anos e acabam amando os congoleses de vez e conhecendo muito bem o país, a cultura e o seu diversificado povo no dia a dia do trabalho. Eles fazem muitos passeios durante as férias e dias de folga. Caíque lê quase todos os filósofos congoleses e africanos.

Caique funda uma organização chamada Redenção e faz apelo junto a médicos particulares no Congo, no Brasil e em Israel para que colaborem financeiramente em projetos sociais na região onde Zaina trabalha; são iniciativas pequenas e bem focadas em escala familiar, geralmente cultivo de alimentos para o consumo da família e para vender o excedente no mercado local propiciando a geração de uma renda básica principalmente para as mães. Os projetos dão efeito muito positivo e os benfeitores recebem relatórios regulares, com contabilidade, fotos e depoimentos das famílias congolesas; alguns médicos benfeitores e suas famílias até visitam e passam alguns dias em Sankuru. Caíque e Zaina também conseguem convencer a Agência Brasileira de Cooperação, ligada ao Ministério das Relações Exteriores do Brasil (Itamaraty), a fazer a doação de uma turbina para a reposição de outra já depreciada para a usina hidroelétrica nas Quedas de Tshopo. Também conseguem 500 bicicletas para professores de escolas primárias públicas em áreas remotas do Congo; um container com as caixas das peças é entregue numa linda cerimônia conduzida pelo embaixador do Brasil no porto de Matadi e depois cada bicicleta é montada na respectiva escola.

Na casa onde eles moram em Sankuru só há energia solar e geração de energia por um motor à diesel, mas regularmente falta combustível. Em muitas noites, deitada na rede no jardim da casa deles e contemplando as estrelas na escuridão no meio do Congo, Zaine que lida com vidas, fica triste ao pensar que a mesma Ishtar brilha sobre todas as atrocidades, barbaridades e brutalidades cometidas em solo congolês nos últimos 500 anos; pensa sobre os esqueletos dos congoleses mortos pela brutalidade da doença, fome, guerra, sofrimento, tristeza, desespero e suicídio; sobre o sangue humano que enxarca o solo e seca ao sol; sobre os buracos deixados pelos minérios exportados e sobre os cepos das árvores cortadas e exportadas como toras ou madeira serrada. Zaina pensa sobre o ancião ardendo de febre de malária embaixo do pé de manga, sobre o doente aidético e outro com tuberculose e sobre a adolescente grávida de 13 anos. Pensa no conforto ou sofrimento que acompanha a partida daqueles com doença terminal e de outros na velhice em qualquer país. Enfim pensa nas diversas formas de partida da vida dos seres humanos e no seu último respiro numa vida de felicidade para alguns e de sofrimento para outros. Zaina simplesmente resume o tema central dessa estória de *amor no distopia do Congo*: a felicidade e o sofrimento de cada ser humano em cada *agora* e no seu último respiro na velhice ou na doença terminal.

Enquanto Zaina medita em sintonia e solidariedade com a humanidade, Ishtar brilha sobre cada *agora* em cada noite, sobre a felicidade de uns e o sofrimento de outros, sobre a guerra e sobre a paz no Congo; sobre os humanos em distopia e sobre os gorilas de montanha e os bonobos na utopia; sobre os trilhos das ferrovias enferrujados e tortos e sobre os caminhões abandonados durante a noite até o dia seguinte em atoleiros. Também brilha sobre as frestas do bambuzal balançando ao vento e sobre as trilhas de formigas em jardins e florestas; sobre as águas deslizantes do rio Congo e de seus afluentes assim como sobre as águas mansas no litoral de Florianópolis e de Haifa e sobre o Jardim de Rosas da Rainha Maria e sobre os Jardins de Baha'i.

Ishtar brilha sobre todos, como se protegesse a todos, mas fria no distante céu, não aquece nem ilumina ninguém e nem faz nada por ninguém. Tem sido mais conveniente aos impérios e governantes dar-lhe alguma importância mitológica e ideológica mais do que qualquer utilidade. Mesmo assim, serve para um conveniente conforto, pois está lá sempre presente e é testemunha da história humana desde a maior invenção tecnológica humana, a agricultura a 10 mil anos atrás, e a partir da invenção do seu próprio culto pelos acádios em cada *agora*.

Zaina, a mãe de Jasmim e esposa de Caíque, realiza o grande sonho de viver no Brasil e encontrar um grande amor e se tornar uma médica respeitada. Tem valido a pena acreditar no seu potencial e está de bem com dois Estados num único território nas terras de seus antepassados a quem honra como médica, mãe e esposa em retribuição à vida de trabalho e dignidade que levaram em Al-Mansura, o atual assentamento comunitário de Kalanit. Agradece a Alá pelo encanto intuitivo que teve naquela madrugada na residência estudantil Broshim em Tel Aviv.

Os anos passam e em 2053 eles deixam o Congo de uma vez e vão morar em Haifa sendo que Jasmim já está na Escócia seguindo o seu doutorado em Matemática. Num dia, quando vão visitar a filha na Escócia e dar uma volta por Londres, os três visitam o Regent's Park e sentam-se naquele mesmo banco pergolado circundado por rosas do Jardim de Rosas da Rainha Maria. Aqui, onde Zaina havia declarado o seu amor a Caíque, a fragrância das rosas exala as suas três vidas cheias de amor para dar e receber, neste *agora* muito significativo junto com a fragrância da própria filha Jasmim.

Caíque devolve a sua vida à natureza em 2055 e Zaina está agora com 60 anos e vive em Haifa, onde regularmente caminha nos Jardins Baha'i e junta do chão as pétalas de flores e folhas de plantas caídas no chão que cumpriram o seu ciclo de vida e os deposita em um lugar respeitoso reservado para isso nos jardins. Ela segue em frente vivendo graciosamente cada *agora* enquanto aguarda viver harmoniosamente todos os anos vindouros que a natureza lhe reserva.

Caíque, o suicídio no Rio Congo

Em idade avançada, com 91 anos, em 2055, embora com boa saúde, mas percebendo o pôr do sol de sua vida e não querendo se tornar eventualmente um peso para ninguém, Caíque propõe a Zaina e a Jasmim a intenção de devolver a sua vida à natureza num deserto. Gosta do cheiro do deserto e da sua imensidão vazia e lembra daqueles que havia visitado: Atacama, Baja Califórnia, Gobi, Kalahari, Namíbia, Nazca, Negev, Petra, Rub' al-Khali, Saara e Sahel. O deserto lhe dá a sensação de insignificância ante a outros seres humanos e ao conjunto da natureza, mas ao mesmo tempo a grandeza da existência que é única para cada indivíduo; por ser única, fruto de uma fecundação de um óvulo por um espermatozoide entre duzentos milhões de concorrentes, a vida humana é um privilégio e uma responsabilidade. Nos ditames de Benjamin Bentham: "somente pelo fato de existir, a pessoa tem uma obrigação moral de melhorar o mundo à sua volta." É uma obrigação natural buscar a perfeição em cada *agora*. Talvez Caíque nem sempre tenha tentado ser perfeito em cada *agora* de sua vida, mas no geral se esforçou para não machucar ninguém. Zaina e Jasmim também têm se dedicado ao bem, vivendo a felicidade e evitando o sofrimento. Compreendem e aceitam com muita naturalidade e maturidade a vontade de Caíque devolver a sua vida à natureza.

Nessa sua pretendida última ida ao deserto, Caíque pensa em iniciar uma caminhada bem cedo numa manhã ou num início de noite e continuar a caminhar, até cair e a areia cobri-lo, grão em grão levados pelo vento. Assim seria tragado pela mãe Terra, sem lamúrias e sem ninguém a lhe rodear entristecido com seus últimos respiros.

Mesmo nas sociedades abastadas, que vivem a verdadeira utopia econômica, política e social, a fragilidade da idade avançada bem como de uma doença terminal de alguém da família podem se tornar um dilema e um desafio para quem está a cuidar da pessoa nessas condições. Para ser bem franco, ante a morte que se aproxima, não é o bem-estar de quem está sofrendo que é o maior objetivo para prolongar a sua vida; geralmente e inconscientemente os entes próximos procuram esticar o mais que podem para perto de si a presença de quem está sofrendo na doença terminal e na velhice. Isso pode levar a sofrimento desnecessário, medicamentos, procedimentos, esforços, gastos e desgastes que em última instância não vão servir para nada, pois a natureza decide o dia e a hora da partida. Não há intenção dúbia por parte dos que fazem o melhor que podem para cuidar com zelo da pessoa em fragilidade, apesar de tudo isso a distanásia é uma prática desnecessária nos dias de hoje.

Dentro dessa mesma mentalidade e prática, tanto em famílias abastadas quanto em pobreza, entre aqueles que vivem a utopia realizada quanto aqueles que vivem a distopia, ainda há dificuldade para se entender a eutanásia, a ortotanásia e o suicídio. Com o amadurecimento das pessoas e das sociedades, a prática da ortotanásia está ganhando força contra a distanásia; contudo, na distopia do Congo onde a média de vida está abaixo dos 50 anos, nem sequer há opção.

Caíque tem isso tudo muito claro em sua mente. Zaina, como médica entende assim também e o entende tanto quanto ama. Ela e Jasmim sabem que ele tem vivido até aqui uma vida digna e de sinceridade e não há necessidade de se purificar num deserto antes de partir, a menos que seja para outros seres humanos, principalmente para quem causa tanto sofrimento ao Congo. Então elas argumentam de que devolver a sua vida à natureza no deserto é sofrido e é masoquismo trágico morrer de sede e fome ao sol escaldante. Faz mais sentido, então, que ele volte para o rio Congo e devolva o seu corpo vivo lá, dando encargo à natureza para uma partida livre, digna e gloriosa e em memória à lua de mel deles 28 anos atrás e aos anos em que os três viveram no Congo e às suas crianças e mães às quais se dedicaram.

Em mais uma fidelidade à sua amada, Caíque abandona a ideia de querer morrer no deserto, e decide voltar para o

Congo e devolver a sua vida à natureza por meio do rio. Quiçá seu espírito pode, a partir daí, permanecer junto ao balanço do vento entre os galhos das árvores às margens do rio grande e curvado como uma mamba-negra e uma píton deslizando vagarosamente. Por lá ficaria misturado aos sons da mata noturna produzidos pelos espíritos dos ancestrais, os *amadlozi* dos Zulus, como nos sons imitados pelo ma'kôba, o ma'kumba, o reco-reco de bambu, sob o brilho de cada lua cheia e de Ishtar até o fim do tempo da própria Terra. Não lhe tem sido fácil crer em vida pós morte ou reencarnação, tendo sido mais realista acreditar em vida antes da morte e vida em abundância, a começar pela comida na mesa na hora da refeição para cada ser humano como exige a bioquímica do corpo humano. A utopia substituindo a distopia, a ortotanásia substituindo a distanásia, a felicidade superando o sofrimento. Isso sim faz mais sentido e está mais próximo dos planos da natureza.

Zaina e Caíque vivem intensamente os últimos dias juntos em Haifa e então ele voa para o Congo. Em Kinshasa se hospeda num hotel que os Jesuítas têm no terceiro andar de um colégio, que já foi Marista. Deixa tudo pago com antecedência e sobre o travesseiro, uma carta explicando aos administradores por que não voltaria para o hotel após o próximo pôr do sol. Informa também que a sua amada está à par de tudo em Haifa e, se preciso for, ali estão os contatos dela. Permanece neste hotel por três dias, passeia pelos jardins, ouve o cantar dos pássaros, observa formigas e cheira as flores. Também ao seu violino toca as melhores músicas gravadas por André Rieu. O violino deixa-o sobre a escrivaninha no quarto do hotel junto com duas rosas, uma para Zaina e outra para Jasmim.

Devido aos seus 91 anos, sendo um *bompaka* (idoso no idioma Quicongo), não o deixam embarcar em nenhuma navegação sobre o rio. Então paga um táxi e vai a uma das margens do rio Congo em Kinshasa. Senta-se num barranco, e por mais de 45 minutos faz toda uma revisão de vida e agradece à natureza pelo privilégio da companhia de Zaina e de Jasmim e pelo curso da vida que seguiu nos moldes do que havia decidido quando tinha 15 anos.

Às 17h43 da tarde, uma nuvem mansa encobre vagarosamente o sol. É então que ele, ainda sentado no barranco do rio, inclina-se para a frente e a força da gravidade o faz mergulhar nas águas do Congo. Ali é tragado pelas águas do rio mais profundo do planeta, no continente que amou tanto e onde quase havia deixado os seus ossos em tantas ocasiões, mas que a boa proteção sempre o havia acompanhado. Esse é o seu último *agora* e doravante, talvez, passa a fazer parte dos *amadlozi*, os ancestrais no idioma do povo Zulu; talvez mesmo passe a vaguear as florestas do Congo como parte dos sons do *ma'kôba*, o ma'kumba, o reco-reco de bambu do povo Quimbundu, representando os sons noturnos da África.

Caíque morre tão inutilmente como milhões de congoleses. Mas de sua própria escolha e não como vítima da brutalidade imposta pela ganância econômica, nem pela distopia econômica, política e social, nem por distanásia. Morre de felicidade e não de sofrimento; morre consciente, em solidariedade e em agradecimento por ter tido a coragem e a força numa lua de mel em que compartilhou o momento mais feliz de sua vida e com mulher que entrou de mansinho naquela madrugada em Tel Aviv e depois, na companhia da filha Jasmim, se dedicou por 17 anos à cardiologia infantil no Congo; compartilha a felicidade deles e junto ao sofrimento dos congoleses na luta diária de sobrevivência nas suas epopeias a pé, na balsa, no barco, no caminhão, na *chukudu*, na *kinga*, na moto, no ônibus, no navio, no trem, no veículo, nos asfaltos, nos atoleiros, nas estradas, nas ferrovias, nas florestas, nos lagos, nas montanhas, nas rodovias, nos rios, nas trilhas, nas vilas e nas cidades.

Às margens do rio Tamisa, neste mesmo domingo a tarde de verão de 2055, sentada num banco de madeira perto da Agulha de Cleópatra no Victoria Embankment, Jasmim recebe a notícia enviada pela mãe que agora o seu pai já havia sido tragado pelas águas do rio Congo.

Jasmim encontra-se em Londres para uma breve folga de seu doutorado na Escócia. Conectando mentalmente o rio Tamisa ao rio Congo, sente a brisa leve e carinhosa na face e lembra das estórias que sua mãe conta da lua de mel deles no rio Congo e das andanças de seu pai em Londres, quando jovem e estudante; talvez Caíque teria sentado nesse mesmo banco com estrutura de ferro e com a madeira já trocada, nos dias da faculdade de economia estudando para alguma prova, principalmente econometria que achava uma disciplina particularmente difícil.

Naquela noite de domingo para segunda-feira a mesma lua que está a brilhar sobre o rio Congo também brilha sobre o rio Tamisa e sobre as águas mansas a baterem nas areias das praias de Florianópolis e de Haifa, como em tantos anos, em tantas eras. Nesse mistério em que as águas que seguem no fluxo dos rios não são as mesmas a cada instante em cada metro quadrado, mas se parecem as mesmas; as moléculas e as gotas que passam por ali, no metro quadrado do rio fixado pelos olhos de Jasmim, já não são mais, outras vêm na sequência e mesmo assim o rio é permanente.

Cada molécula e gota de água dos rios Congo e Tamisa e do litoral de Florianópolis e de Haifa são testemunhas dos minutos no tempo, de cada *agora*, e do tempo vagaroso, da paciência da Terra, que acumula eventos denominados História. E dentro dessa História está a estória de seu pai, de alguém que viveu a sua história, de sua maneira, de suas escolhas, incluindo a sua última escolha hoje. Zaina e Jasmim ainda terão muitos *agoras* de suas próprias estórias e de suas histórias.

Como a água, a população mundial também tem mortes e nascimentos em cada *agora*, mas a "humanidade" o grande conjunto de oito bilhões de seres humanos tem continuidade. Cada humano vive em diferentes níveis de felicidade e de sofrimento; uns vivendo em utopia, outros sofrendo em distopia. E cada qual não sabe como será o seu último respiro. Para cada indivíduo o final da vida se dá de um jeito ou de outro: em morte natural, em morte violenta, em assassinato, em guerra, em fome, em epidemia, em pandemia, em overdose, em doença, em obesidade, em depressão, em dependência química, em acidente, em briga de trânsito, em assalto, em sono, em trabalho, em erro médico, em ciúmes, em abandono na velhice, em traição, em fratricídio, em feminicídio, em infanticídio, em racismo, em genocídio, convicto e pena de morte; nos casos mais dramáticos e terminais em desespero e em eutanásia, em ortotanásia, em distanásia, em suicídio.

Jasmim dá um suspiro profundo e silencioso, seus pulmões se enchem e seus seios, médios e firmes como os da sua mãe, sobem levemente para frente. Sente que chega ao âmago do questionamento da existência e seguirá em cada *agora* em atitude positiva em relação à vida a exemplo de seus pais. Nem é mais necessário ler Bertrand Russell.

Ao olhar para o seu lado direito e ver o palácio Westminster do Parlamento Britânico à distância no mesmo lado do rio Tamisa, Jasmim também se questiona por que a história econômica, política e social de cada povo e de cada país é tão diferente, tão dramática e brutal para alguns e tão harmoniosa para outros. Por que alguns são enganados em utopia prometida, outros condenados à distopia real e outros torturados ainda pela distanásia nos seus últimos dias de vida? Por que há felicidade para uns e sofrimento para outros?

✤

Zaina, olhando para os céus naquela mesma noite em sua casa em Haifa, pensa na bioquímica de cada corpo humano em cada *agora*. Pensa também que a lua em cada ciclo é ainda a mesma lua e que Ishtar é permanente, a mesma Estrela d'Alva a observar a história de cada pessoa, de cada metro quadrado da Terra, de cada país, em cada *agora* no tempo; pensa no equilíbrio biológico-físico-químico em cada ser animal, mineral, vegetal; no menor movimento, na menor porção, no menor tempo da matéria conhecida por nós; na matéria da Via Láctea no micro tempo e multiverso para a natureza e no macrotempo e microverso para os humanos, quer seja o humano ainda utiliza um tempo grande na base 10 e não o tempo real do movimento da matéria Ainda não utilizamos o *comprimento de Planck* 10^{-35}*m* (sendo que 1 planck é $1.62\text{x}10^{-33}$ cm), nem utilizamos o *tempo de Planck* 10^{-43}*s* e nem a área finita menor que uma superfície possa conter na forma de um ponto de $11.47773\text{x}10^{-70}$ m^2. E ainda nem chegamos a Marte,, o nosso vizinho mais próximo.

Cada *agora* forma a história do indivíduo. A pessoa se constrói em derivada, mas é percebida em integral, quer seja é cada *agora* que faz o indivíduo, e aí o livre arbítrio é soberano, mas os que o rodeiam o enxergam como um todo, já com as características e comportamento que o definem. Na história da vida, cada qual tem a sua utopia, estabelece a sua direção e administra a velocidade e aceleração de seus propósitos na flexibilidade que é possível no seu realismo. Cada *agora* lhe propicia felicidade ou sofrimento, em ambiente de cada país mais próximo da utopia ou mais próximo da distopia e que não é o indivíduo quem define.

O tempo total da existência é diferente para cada humano. A partida pode ser a qualquer instante de causa natural, acidental, terminal ou velhice. A distanásia é dramática para quem parte e traumática para quem fica e o suicídio continua um mistério.

Zaina lembra também que o seu esposo brasileiro sempre perguntava para ela: Por que o aprendizado e as sugestões que estão nos livros das bibliotecas não são aplicados? Por que os países não elegem os melhores políticos e gestores privados entre os bons? Por que Jesus, Smith e Marx não conversam entre si nos sistemas econômicos e políticos das nações, a exemplo da Europa Ocidental, da Austrália, do Canadá e da Nova Zelândia? Como somente o Reino Unido consegue viver a República de Roma nos dias atuais? Por que ainda perdura essa dicotomia entre direita e esquerda? Por que as agendas individuais e coletivas são sequestradas por organizações fechadas, grupos de interesse, grupos de pressão e lóbis? Porque alguns meios de comunicação convencionais e de redes sociais estão eivadas por fake news, teorias da conspiração, ódio e culto ao sangue e à morte? Por que o mundo ainda tem armas de fogo e armamentos? Para que ainda servem as forças armadas, as bombas e as guerras?

Sem uma coroa e nem um cetro para devolver como a rainha Elisabeth II, então Caíque devolve à natureza o seu próprio corpo avançado no tempo, mas ainda sadio. A ortotanásia não lhe teria assustado, a distanásia lhe teria amedrontado; a utopia não lhe iludiu e a distopia não lhe serviu, assim como a ninguém. Alma e pós-morte, se existe algo, não lhe coube especular; há outros que explicam melhor. Sendo profundamente respeitoso de todas as religiões, julgava a sua fé tão miúda que não se qualificava para nenhuma delas.

O esposo de Zaina e pai de Jasmim teria sido quase um geógrafo colonialista, um geólogo da segunda metade do século 19. Viveu as suas escolhas e admirou o planeta Terra como poucos. Em particular, gostava de minérios e de pedras por causa do processo de sua formação e de duração no tempo. Procurou entender o menor movimento, no menor tempo e na menor porção da matéria numa dedicação contínua aos estudos da Filosofia, da Matemática e da Química. E juntando as metodologias e conteúdo dessas áreas àquelas das Ciências Econômicas para avaliar como um sistema econômico prova ou não a sua validade na hora da refeição de um indivíduo e de uma família, quando meia dúzia de itens alimentícios aparecem na mesa como resultado de toda a parafernália daquilo que se chama *economia, país, política, sociedade, sistema judicial, comércio internacional, relações internacionais, geopolítica*. É neste momento da refeição que a invenção de um país pelo colonialismo vai servir ou não para a vida de cada habitante, para a vida em abundância de acordo com as exigências da bioquímica do corpo humano. Para uns é a utopia que se realiza, para outros é distopia em dias intermináveis e intoleráveis; para uns a felicidade, para outros o sofrimento, em cada *agora*.

Na continuação desse dia do ano 4.545 bilhões da Terra, 5616 para o calendário judaico, 2598 para o calendário budista, 2645 para o calendário hindu, 2055 para o calendário cristão e 1477 para o calendário islâmico, Ishtar também continua, como sempre, a brilhar sobre os céus. O rio Congo continua o seu fluxo, coletando as chuvas equatoriais e as águas das nascentes e dos afluentes que rastejam em curvas de píton e de mamba-negra seguindo a lei da gravidade para alimentar o oceano Atlântico. As espécies vivas e únicas do Congo continuam o seu espetáculo. Quem sabe a partir deste final de dia, o amor de Caíque pela África e a sua memória passem a vaguear pelas florestas equatoriais do Congo, numa melodia nas noites parecida ao ma'kôba, o ma'kumba imitada no reco-reco de bambu.

Nzambi Mpungu, o Deus Criador na crença dos congoleses, aceita o livre arbítrio humano e sorri para quem pode fazer escolhas na busca da felicidade e envia forças em cada *agora* para aqueles que têm que tolerar uma vida de sofrimento imposto pela brutalidade dos prepotentes que fingem ser felizes, mas não têm coração.

E aqui termina *Amor na distopia do Congo*.

Cronologia

2024 julho: madrugada nos Dormitórios Estudantis Broshim na Universidade de Tel Aviv.

2025 junho: Zaina contata Caíque.

2025 outubro: Zaina inicia o mestrado em Londres.

2025 Natal e Ano Novo: Caique visita Zaina em Londres.

2026 janeiro-maio: moram juntos em Londres.

2026 novembro: Zaina volta para Haifa.

2026 Natal: Caique conhece a família de Zaina em Haifa e visitam Belém.

2027 Ano Novo: noivado entre Zaina e Caíque em Haifa.

2027 abril: casamento em Kalanit, Israel

2027 abril-outubro: lua de mel de Zaina e Caique no Congo.

2028-2031 doutorado de Zaina em Florianópolis.

2030 nasce Jasmim.

2032-2036 médica no Morro do Cristo em Florianópolis.

2037-2053 Zaina atua como médica cardíaca infantil em Sankuru no Congo.

2037-2053 Caique dedica-se à ajuda externa para projetos de renda e escolas.

2049-2052 graduação e mestrado de Jasmim no Technion em Haifa.

2053 mudança de Zaina e Caíque para Haifa.

2054-2057 doutorado de Jasmim na Escócia.

2055 suicídio de Caíque no rio Congo.

Mapa e localização da República Democrática do Congo.

C.A.R.
SOUTH SUDAN
CAMER.
Gbadolite
Congo
Bumba
REP. OF THE CONGO
Kisangani
Pic Marguerite
UG.
Equator
Mbandaka
GABON
Goma
Bukavu
RW.
Kindu
BURU.
ANG.
KINSHASA
Ilebo
Lualaba
Mbuji-Mayi
Kikwit
Kananga
TANZ.
Matadi
Boma
Banana
Kalemie
Tshikapa
Lake Tanganyika
SOUTH ATLANTIC OCEAN
ANGOLA
Kolwezi
Likasi
Lubumbashi
0 200 400 km
0 200 400 mi
ZAMBIA
16
24
0
8